MARGA MINCO

Das bittere Kraut

Erzählung

Fischer Taschenbuch Verlag

Herausgegeben von Josh van Soer
Übersetzt aus dem Niederländischen von
Tina Huber-Hönk, Martina Sander,
Elga van Leusden-Henningsen
Titel der Originalausgabe: ›Het bittere Kruid‹

Veröffentlicht im Fischer Taschenbuch Verlag GmbH,
Frankfurt am Main, April 1995

Lizenzausgabe mit freundlicher Genehmigung des
Konkret Literatur Verlags, Hamburg

Gesamtherstellung: Clausen & Bosse, Leck
Printed in Germany
ISBN 3-596-12379-8

Gedruckt auf chlor- und säurefreiem Papier

Für meine Eltern,
Dave und Lotte,
Bettie und Hans

Es fährt durch meinen Kopf ein Zug voll Juden,
ich stelle die Vergangenheit wie eine Weiche um...

Bert Voeten

EINES TAGES

Es begann, als mein Vater eines Tages sagte: »Mal sehen, ob alle wieder da sind.« Wir waren ein paar Tage weggewesen. Die ganze Stadt war evakuiert worden. In aller Eile hatten wir einen Koffer gepackt und uns in die Menschenschlangen eingereiht, die in Richtung belgische Grenze aus der Stadt zogen. Bettie und Dave waren damals in Amsterdam. »Die merken nichts davon«, sagte meine Mutter.
Es war ein langer, gefährlicher Marsch. Wir transportierten den Koffer auf einem Fahrrad. Am Lenker hingen vollgestopfte Taschen. Bombensplitter und Maschinengewehrkugeln flogen über unsere Köpfe. Manchmal wurde jemand getroffen; dann blieb eine kleine Gruppe zurück. Dicht an der belgischen Grenze fanden wir bei Bauern Unterkunft. Nach zwei Tagen sahen wir die Besatzungstruppen schon über die Landstraße fahren, und einige Stunden später zogen die Evakuierten wieder zur Stadt zurück.
»Die Gefahr ist vorüber«, sagte uns jemand aus der Stadt, und wir gingen mit.

Zu Hause war alles noch so, wie wir es verlassen hatten. Der Tisch war noch gedeckt. Nur die Uhr war stehengeblieben. Meine Mutter stieß sofort die Fenster auf. Gegenüber hängte eine Frau ihre Bettdecken über den Balkon. Irgendwo anders klopfte jemand Teppiche, als ob nichts geschehen wäre.
Ich ging mit meinem Vater auf die Straße. Nebenan stand unser Nachbar im Vorgarten. Er kam an die Pforte, als er meinen Vater sah.
»Haben Sie sie gesehen?« fragte er. »Das ist nicht ohne, was?«
»Nein«, sagte mein Vater, »ich habe noch nichts gesehen. Wir gehen mal gucken.«
»In der ganzen Stadt wimmelt es von ihnen«, sagte der Nachbar.
»Selbstverständlich«, sagte mein Vater, »Breda ist eine Garnisonsstadt, das war zu erwarten.«
»Ich bin gespannt«, sagte der Nachbar, »wie lange sie die Stadt halten.«
»Nicht lange, das versichere ich Ihnen«, meinte mein Vater.
»Und ihr?« sagte der Nachbar. Er kam etwas näher. »Was macht ihr jetzt?«
»Wir?« sagte mein Vater. »Wir machen nichts. Warum sollten wir?«
Der Nachbar zuckte mit den Schultern und pflückte ein Blatt aus seiner Hecke. »Wenn man so hört, was sie drüben...«
»Hier wird es nicht so weit kommen«, sagte mein

Vater. Wir gingen weiter. Am Ende der Straße trafen wir Herrn Van Dam.
»Sieh mal an«, sagte er, »wir sind alle wieder da.«
»Wie Sie sehen«, sagte mein Vater, »alle gesund und munter wieder zu Hause. Haben Sie schon viele Bekannte gesprochen?«
»Sicher«, sagte Herr Van Dam, »mehrere. Der Sohn der Familie Meier soll mit ein paar Freunden weiter zur französischen Grenze gefahren sein.«
»Ach«, sagte mein Vater, »solche Jungs suchen das Abenteuer. Ich kann es ihnen nicht verdenken.«
»Ihre andere Tochter und Ihr Sohn sind nicht mitgewesen?«
»Nein«, sagte mein Vater, »die sind in Amsterdam. Da sind sie gut aufgehoben.«
»Vorläufig wohl noch«, sagte Herr Van Dam.
»Was meinte Herr Van Dam mit vorläufig?« fragte ich ihn, als wir weitergingen.
»Er sieht ein bißchen schwarz, glaube ich.«
»Genau wie der Mann von nebenan«, sagte ich.
Mein Vater zog die Augenbrauen hoch. »Man kann jetzt noch nichts darüber sagen«, meinte er, »wir müssen mal abwarten.«
»Denken sie«, fragte ich, »daß sie mit uns dasselbe tun werden, was sie mit...« Ich beendete meinen Satz nicht. Ich dachte an all die grauenvollen Geschichten, die ich in den letzten Jahren gehört hatte. Es war immer so weit weg gewesen.
»Hier kann so was nie passieren«, sagte mein Vater, »hier ist das etwas anderes.«

In dem kleinen Büro von Herrn Haas' Bekleidungsgeschäft in der Catharinastraat hing dichter Tabaksqualm. Mehrere Gemeindemitglieder waren hier wie zu einer Versammlung zusammengekommen. Der kleine Herr Van Buren drehte sich heftig gestikulierend auf seinem Schreibtischstuhl herum. Er hatte eine krächzende Stimme. Als wir hereinkamen, sprach er gerade über einen Sondergottesdienst, der abgehalten werden müsse.
»Damit bin ich einverstanden«, sagte mein Vater.
»Ob das Beten wohl hilft?« fragte der Sohn von Herrn Haas.
Niemand schien es gehört zu haben, denn man ging nicht darauf ein. Ich bedauerte, daß ich mit meinem Vater mitgegangen war. Ich verstand aber, daß er hier vorläufig nicht weg konnte. Da ich keine Lust hatte, in dem verrauchten Raum zu bleiben, ging ich durch den Flur in den Laden. Niemand war da. Ich ging an den Ladentischen und Regalen voller Kleidungsstücke entlang. Hier hatte ich als Kind oft mit den Kindern von Herrn Haas gespielt. Wir versteckten uns hinter den Mänteln und Kartons. Wir machten uns mit Bändern und Stoffresten aus der Schneiderei schön und spielten Kaufmann, wenn das Geschäft geschlossen war. Hier hing noch derselbe Geruch, süßlich und trocken, wie neuer Stoff eben riecht. Ich streifte durch die schmalen Gänge zum Schneideratelier und zum Lager. Es schien, als sei Sonntag. Niemand würde heute etwas kaufen

oder für einen neuen Mantel Maß nehmen lassen. In einer Ecke des Ateliers setzte ich mich auf einen Stapel Kartons und wartete. Es war ziemlich dunkel dort, weil die Fenster an der Außenseite geschlossen waren und nur durch den Flur Licht hereinfiel. An der Wand hing ein Mantel. Die Reihfäden waren noch zu sehen. Vielleicht würde er nicht mehr abgeholt werden. Ich nahm den Mantel vom Bügel und zog ihn an. Im Spiegel betrachtete ich mich. Der Mantel war viel zu lang.
»Was machst du denn da?« Es war mein Vater.
Ich erschrak, denn ich hatte ihn nicht kommen hören.
»Ich probiere einen Mantel an«, sagte ich.
»Das ist jetzt nicht der richtige Moment, um an einen neuen Mantel zu denken.«
»Ich will ihn ja auch gar nicht haben«, sagte ich.
»Ich hab' dich überall gesucht; kommst du mit?«
Ich zog den Mantel aus und hängte ihn wieder auf den Bügel. Draußen merkte ich, daß ich lange im Dunkeln gewesen war. Ich mußte mich einen Augenblick an das grelle Sonnenlicht gewöhnen. Auf der Straße war eine Menge los. Viele fremde Autos und Motorräder fuhren vorbei. Ein Soldat fragte jemanden, der vor uns ging, nach dem Weg zum Marktplatz. Mit vielen Arm- und Handbewegungen wurde es ihm erklärt. Der Soldat schlug die Hacken zusammen, salutierte und ging in die Richtung, die man ihm gezeigt hatte. Uns begegneten

jetzt regelmäßig Soldaten der Besatzungstruppen. Wir gingen einfach an ihnen vorbei.
»Siehst du wohl«, sagte mein Vater, als wir schon fast zu Hause waren, »sie tun uns nichts.« Und während wir an der Pforte des Nachbarn vorbeigingen, murmelte er noch einmal: »Sie tun uns nichts.«

DIE KLOOSTERLAAN

Als Kinder wurden meine Schwester und ich des öfteren von anderen Kindern beschimpft, wenn wir aus der Schule kamen. Oft geschah es, daß sie am Ende der Kloosterlaan auf uns warteten. »Los, komm«, sagte Bettie dann immer mutig und nahm mich bei der Hand. Ich schlug manchmal kleinlaut vor, einen anderen Weg zu nehmen oder umzukehren. Aber sie ging weiter, mich mit sich ziehend, direkt auf den schimpfenden Haufen zu. Mit ihrer Schultasche nach links und rechts schlagend, bahnte meine Schwester uns einen Weg durch den Schwarm von Kindern, die uns von allen Seiten schubsten und stießen. Ich hatte mich oft gefragt, warum wir anders waren.

»Der Lehrer sagt, daß die Juden schlechte Menschen sind«, sagte einmal ein Nachbarskind, das auf eine katholische Schule ging, zu mir. »Ihr habt Jesus ermordet.« Ich wußte damals noch nicht, wer Jesus war. Ich habe einmal gesehen, wie mein Bruder sich mit einem anderen Jungen geprügelt hat, der nicht aufhören wollte, »dreckiger Jude« zu rufen. Erst als Dave ihn zu Boden geschlagen hatte, hielt er den Mund. Mit blutendem Kopf kam Dave nach Hause. Mein Vater zeigte uns daraufhin eine Narbe an seiner Schläfe, wo ihn ein Junge – zu seiner Schulzeit – mit einem Nagel verletzt hatte. »Bei uns in der Gegend in Twente waren sie auch nicht anders«, sagte er.

Ich hatte eine Freundin, die mich regelmäßig zur Schule abholte. Sie hieß Nellie und war hellblond. Sie blieb immer bei uns vor der Tür stehen. Sie kam nie herein. Wenn die Tür offen stand, guckte sie neugierig in den Flur. »Wie sieht es bei euch aus?« fragte sie eines Tages. »Guck's dir doch an«, sagte ich.

Aber sie traute sich nicht, denn ihre Mutter hatte ihr verboten, zu Juden ins Haus zu gehen. Ich war damals schon so alt, daß ich darüber lachen mußte. Ich war elf. Ich sagte, daß mein Vater alle Kinder aufessen würde und daß meine Mutter zuerst noch Suppe davon kochte. Seitdem kam sie heimlich, ohne daß ihre Mutter davon wußte, zu uns nach Hause. Als wir älter geworden waren, merkten wir von alledem kaum noch etwas. Kinder sind häufig grausamer als Erwachsene.

Wohl erinnere ich mich noch gut daran, daß wir ein Dienstmädchen hatten, das zuerst den Pfarrer um Erlaubnis fragen mußte, bevor sie bei uns arbeiten durfte. Der Pfarrer war einverstanden; sie mußte freitags noch nicht einmal Fisch essen. Das war für sie sogar ein Glücksfall, denn freitags abends wurde bei uns sehr ausgiebig gegessen, und es kamen vielerlei Fleischgerichte auf den Tisch.

Mein Vater war ein frommer Mann, der Wert darauf legte, daß in seinem Haus die jüdischen Gesetze und Gebräuche eingehalten wurden. Es muß schmerzlich für ihn gewesen sein zu sehen, wie wir uns dem mehr und mehr durch den Umgang mit nicht-jüdischen Freunden und Freundinnen entzogen, um überall mitmachen zu können. Für Dave war es am schwersten. Er war der älteste, und er mußte zuerst alle Gesetze brechen. Er machte es für uns Schwestern leicht. Ich weiß noch, wie ich mit einem Freund in einem Imbiß zum ersten Mal Kaninchenbraten aß. Ich tat etwas, was streng verboten war. Bevor ich hineinbiß, zögerte ich kurz, wie am Anfang der Badesaison, wenn man am Rand eines Schwimmbeckens steht. Aber wenn man es geschafft hat, ist es beim zweiten Mal schon leichter.

Während der Besatzung erhielt das Wort »verboten« eine andere Bedeutung für uns. Es war verboten, in Cafés und Restaurants zu gehen, in Theater und Kinos, in Schwimmbäder und Parks; es war verboten, ein Fahrrad zu haben, ein Telefon, ein Radio. Es wurde so viel verboten.

Wäre ich tatsächlich noch ein kleines Mädchen gewesen, hätte ich mich bestimmt gefragt, ob es doch deshalb war, weil wir Jesus ermordet hatten.

Im ersten Kriegsjahr wurde ich krank. Ich mußte zu der Zeit ins Krankenhaus, als meine Eltern nach Amersfoort umzogen und bei meinem Bruder wohnten, der inzwischen verheiratet war.

Ich lag im Pavillon eines Utrechter Krankenhauses und durfte das Bett nicht verlassen. Für mich wurde der Stand des Krieges durch den Stand der Blutuntersuchungen ersetzt. Der einzige Unterschied, den die Ärzte und Schwestern bei den Patienten machten, war der zwischen schweren und weniger schweren Stadien von Tbc. Vielleicht fand ich deswegen das Kranksein nicht so schlimm, wie ich es in normalen Zeiten gefunden hätte. Nur zu den Besuchszeiten saßen der Krieg und die neuen Maßnahmen an meinem Bett. Aber es war, als ob mich das nichts anginge, als ob es eine andere Welt beträfe.
Als sich mein Zustand besserte, konnte ich mich dem nicht mehr entziehen. Ich wußte, daß nach dem Krankenhaus der Alltag einer Kloosterlaan auf mich warten würde, ein Haufen schimpfender Kinder mir auflauerte, und daß ich da wieder hindurch müßte.

DIE STERNE

Vom Fenster meines Zimmers aus sah ich von weitem meinen Vater ankommen. Seit einigen Wochen war ich aus dem Krankenhaus. Zwar mußte ich täglich noch ein paar Stunden ruhen, aber ich war schon völlig genesen.
Mehr als diese Straße kannte ich von Amersfoort noch nicht. Es war ein stiller Vorort mit neuen Doppelhäusern, die von Gärten umgeben waren.
Mein Vater ging mit kurzen kräftigen Schritten und zog mit einer schwungvollen Geste seinen Hut vor einer Frau, die in ihrem Vorgarten Blumen pflückte. Sie schien etwas zu ihm zu sagen, denn er blieb einen Augenblick stehen. Als er kurz vor unserem Haus war, sah ich, daß er ein Päckchen in der Hand hielt. Ein braunes Päckchen. Ich ging nach unten, schaute ins Wohnzimmer und verkündete: »Vater kommt mit einem Päckchen.«
»Was ist da drin?« fragte ich an der Haustür.
»Wo drin?« fragte mein Vater, der ruhig Mantel und Hut aufhängte. Er hatte das Päckchen auf die Garderobe gelegt.
»Natürlich in dem Päckchen, das du bei dir hast«, sagte ich ungeduldig.

»Du wirst es noch sehen«, sagte er. »Komm mit.«
Ich folgte ihm ins Zimmer. Dort legte er es auf den Tisch, während alle neugierig auf das Päckchen sahen. Es war mit einem Bindfaden verschnürt, dessen Knoten er erst geduldig aufpulte. Danach faltete er das Papier auseinander.
Es waren die Sterne.
»Ich habe für alle welche mitgebracht«, sagte er, »dann könnt ihr sie auf all eure Mäntel nähen.«
Meine Mutter nahm einen aus dem Päckchen heraus und betrachtete ihn aufmerksam. »Ich werde mal nachsehen, ob ich gelbe Nähseide im Haus habe«, sagte sie.
»Sie sind orange«, sagte ich, »dafür muß man orangefarbenes Garn nehmen.«
»Ich glaube, es ist besser«, sagte Lotte, die Frau meines Bruders, »Garn in der Farbe des Mantels zu nehmen.«
»Das wird scheußlich auf meiner roten Jacke aussehen«, sagte Bettie. Sie war aus Amsterdam gekommen und wohnte einige Tage bei uns.
»Seht mal zu, wie ihr es macht«, sagte mein Vater, »wenn ihr nur daran denkt, daß sie auf der linken Seite in Brusthöhe sitzen müssen.«
»Woher weißt du das?« fragte meine Mutter.
»Das stand doch in der Zeitung«, sagte mein Vater. »Hast du das nicht gelesen? Sie müssen deutlich sichtbar sein.«
»Wie viele du mitgebracht hast!« sagte meine Mut-

ter, die an jeden von uns ein paar Sterne austeilte. »Konntest du so viele bekommen?«
»O ja«, sagte mein Vater, »so viele, wie ich wollte.«
»Das ist praktisch«, sagte sie. »Dann können wir welche für die Sommerkleidung übrig behalten.«
Wir holten die Mäntel von der Garderobe und fingen an, die Sterne aufzunähen. Bettie machte es sehr sorgfältig, mit kleinen unsichtbaren Stichen. »Du mußt sie säumen«, sagte sie zu mir, als sie sah, wie ich den Stern mit großen, nachlässigen Stichen auf meinen Mantel nähte.
»Das sieht viel besser aus.«
»Ich finde diese Dinger so unpraktisch«, sagte ich.
»Wie soll man einen Saum in diese blöden Zacken bekommen?«
»Du mußt zuerst den Saum heften«, sagte Bettie. »Danach steckst du den Stern auf dem Mantel fest, nähst ihn an und ziehst den Reihfaden wieder heraus; dann muß er einfach gut sitzen.«
Ich versuchte es noch einmal. Ich war nicht so geschickt mit Nadel und Faden wie meine Schwester. Der Stern saß am Ende doch schief.
»Jetzt kann man nicht mehr lesen, was drauf steht«, sagte ich seufzend, »aber das wird nicht so schlimm sein. Sie werden es auch so wissen.«
»Guck mal«, sagte Lotte, »er paßt genau ins Muster meines Mantels.«

Wir betrachteten ihren Mantel, den sie sofort anzog.
»Sehr gut«, sagte meine Mutter, »das hast du schön ordentlich gemacht.«
Bettie zog jetzt auch ihren Mantel über. Zusammen gingen sie durchs Zimmer.
»Wie am Königinnentag«, sagte ich. »Wartet mal, dann zieh ich meinen auch an.«
»Der fällt dir gleich wieder ab«, sagte Lotte.
»O nein«, sagte ich, »der geht nie wieder ab.«
»Was macht ihr denn da?« fragte Dave. Er stand in der Tür und starrte uns an.
»Wir sind dabei, die Sterne aufzunähen«, sagte Lotte.
»Ich suche meinen Mantel. Hat jemand meinen Mantel gesehen?« fragte er.
»Der ist hier«, sagte Lotte, »er ist noch nicht fertig.«
»Ich muß mal kurz weg«, sagte Dave, »kann ich ihn noch so anziehen?«
»Heute geht es noch«, sagte mein Vater.
»Soll ich ihn dir eben aufnähen«, bot ich an. »Ich bin sehr geschickt darin.«
»Nein«, sagte Dave, »laß mich heute noch einmal normal sein.«
Als er die Gartenpforte öffnete und die Straße hinunterging, schauten wir ihm zu fünft nach, als ob etwas ganz Besonderes an ihm zu sehen wäre.

DAS FLÄSCHCHEN

Mein Bruder betrachtete aufmerksam ein Medizinfläschchen, das er in der Hand hielt. Es war mit einer bräunlichen Flüssigkeit gefüllt.
»Bist du krank?« fragte ich.
»Nein«, sagte er, »wieso?«
»Du hast da doch eine Medizin?«
»Die ist für morgen«, sagte er.
»Für... für die Nerven?« fragte ich.
»Nein, für etwas anderes«, sagte er.
»Ist das gefährlich?« fragte Lotte.
»Vielleicht«, sagte er. Er zog den Korken heraus und roch daran.
»Wirst du es trotzdem tun?« fragte sie.
»Was soll's«, sagte Dave. Er steckte das Fläschchen in seine Tasche und ging durch die Terrassentür nach draußen. Er nahm ein Steinchen vom Kiesweg und warf es über den Zaun. Ich war ihm gefolgt, weil mein Liegestuhl unter dem Sonnenschirm stand. Ich durfte noch immer nicht ganz in der Sonne liegen. Nur mit den Beinen. Ich verschob den Stuhl, so daß die Sonne auf das Fußende schien.
»Es hat lange gedauert, nicht?« sagte ich zu Dave,

der mit dem Rücken zu mir stand und in den Garten starrte.
»Was hat lange gedauert?« fragte er.
»Meine Krankheit«, sagte ich. »Ich habe das Liegen satt.«
»Sei froh, daß du gesund bist«, sagte er.
»Wird man davon krank?« fragte ich.
»Wovon?«
»Das... Fläschchen«, sagte ich zögernd.
Er zuckte mit den Schultern. »Es wird einem schlecht davon«, sagte er, »und das muß auch so sein.« Er drehte sich um und ging wieder hinein.
Am Tag darauf mußten sich mein Vater und er – wie alle jüdischen Männer in Amersfoort – für die Arbeitslager mustern lassen. Mein Vater glaubte nicht, daß er für tauglich befunden werden würde. Er hatte einen Hautausschlag, worüber er jetzt sehr erfreut war. »Mich wollen sie nicht, das werdet ihr sehen«, sagte er. Ich vermutete, daß er etwas nachgeholfen hatte, damit es sich verschlimmerte. Ich wußte, daß Dave auch nach einer Möglichkeit suchte, um nicht in ein Arbeitslager zu kommen. Denn sobald er davon wußte, suchte er einige Bekannte auf, und nach ein paar Tagen sagte er, daß er etwas gefunden hätte. Ich begriff erst nicht, was das Medizinfläschchen damit zu tun haben könnte. Medizin verband ich immer mit »Gesund-werden«.
Aus dem Zimmer klang Geigenmusik. Ich hatte

meinen Bruder lange nicht mehr spielen hören. Ich drehte mich auf meinem Liegestuhl um und beobachtete ihn. Er stand mitten im Zimmer und improvisierte einen Csárdás. Lotte saß da und schaute ihm zu. Er hielt seinen Kopf etwas nach vorn geneigt, sein Haar fiel ihm ins Gesicht. Ich sah, wie sich die Finger seiner linken Hand über die Saiten bewegten. Ich legte mich wieder zurück, um seinem Spiel zu lauschen, aber plötzlich brach er ab, und etwas später hörte ich den Deckel vom Geigenkasten zuschlagen.

Am nächsten Morgen sah ich das Fläschchen im Badezimmer stehen. Vorsichtig zog ich den Korken heraus. Es roch bitter. Ich bemerkte nun auch, daß schon etwas fehlte. Es war ein normales Fläschchen, wie sie häufig in Medizinschränken stehen. Es war nur kein Etikett darauf. Mittags stand es noch an derselben Stelle, aber es war jetzt leer, und der Korken lag daneben. Als ich nach unten gehen wollte, kam mein Bruder gerade die Treppe herauf. Auf der obersten Stufe kehrte er um und lief zurück, und dann sofort wieder nach oben. Er sah sehr blaß aus, und Schweißtropfen standen ihm im Gesicht.

»Wirkt es schnell?« fragte ich.

»Ja«, murmelte er, wieder die Treppe hinaufsteigend.

»Ist es denn nötig, die Treppe so oft hoch und runter zu laufen?«

»Alles ist nötig«, sagte er. Er stand oben und kam

rasch nach unten. »Runter geht's noch schnell«, sagte er. »Aber mit dem Hinaufsteigen hab ich schon ganz schön Mühe.«
»Wie lange willst du das noch machen?« fragte ich.
»Wir müssen gleich weg«, sagte er.
Es dauerte lange, bis sie zurückkamen.
»Vielleicht behalten sie sie gleich da«, sagte meine Mutter.
»Es sind viele, die gemustert werden müssen«, sagte ich.
»Wenn das Fläschchen nur geholfen hat«, sagte Lotte.
Ein paar Stunden später kamen sie nach Hause. Dave sah noch elender aus, aber beide, er und mein Vater, waren sehr heiter, denn sie waren ausgemustert worden.
»Was sagte der Arzt?« wollte Lotte wissen.
»Er sagte nicht viel«, sagte Dave, »aber er fand mich ungeeignet für ein Arbeitslager.« Er legte sich auf die Couch. Sein Haar war wirr, und er hatte dunkle Ringe unter den Augen.
Ein paar Jahre zuvor hatte ich ihn schon einmal so liegen sehen. Er studierte in Rotterdam, und als mein Vater ihn dort unerwartet besuchte, stellte sich heraus, daß er schon mehr als eine Woche gefeiert hatte und fortwährend betrunken gewesen war. Mein Vater nahm ihn mit nach Hause.
»Dieses Trinken!« sagte er, »das ist so schlecht für die Gesundheit.«

Der Arm meines Bruders hing schlaff von der Couch; sein Hemd hatte er aufgeknöpft.
»Von den paar Tropfen«, sagte er.

DIE FOTOS

Nach ein paar Tagen hatte Dave die Nachwirkungen der braunen Flüssigkeit überstanden. Lotte lief mit Leckerbissen von der Küche ins Schlafzimmer, und meine Mutter kam mit allerlei Ratschlägen.
»Gib ihm viel Milch, das ist immer sehr gut in solchen Fällen«, sagte sie, als ob ihr das schon öfter passiert wäre.
»Laß ihn mal ausruhen«, sagte mein Vater. Aber bald war Dave wieder unten. Er sah aber noch eine ganze Weile schlecht aus. Dennoch ging er mit zum Fotografen, um wie die anderen ein Porträt machen zu lassen.
Frau Zwagers hatte damit angefangen. »Wir haben uns alle fotografieren lassen«, sagte sie eines Nachmittags zu meiner Mutter, als sie zum Tee kam. »Mein Mann und ich zusammen und die Kinder. Weißt du, es ist so ein nettes Andenken für später. Man kann nie wissen, was noch alles passieren wird, und dann hat man wenigstens ein Foto voneinander.«
Meine Mutter war derselben Ansicht. »Das müßten wir auch machen«, sagte sie. »Ich finde, das ist eine gute Idee.«

»Dann laßt uns alle zu Smelting gehen«, sagte mein Vater, nachdem meine Mutter mit ihm darüber gesprochen hatte.
Und zu uns: »Sorgt dafür, daß ihr ordentlich aussieht.«
»Ich bin nicht sehr fotogen«, sagte ich. Ich hatte nicht viel Lust mitzugehen.
»Was hat das denn damit zu tun«, sagte meine Mutter.
»Außerdem haben wir Fotos genug«, sagte ich. »Ein ganzes Album voll.«
»Das sind fast alles Urlaubsfotos«, sagte meine Mutter. »Und die sind schon uralt.«
»Die sind doch schön«, sagte ich. »Was haben wir denn von so einem gestellten Foto!« »Smelting macht sehr gute Porträts«, sagte meine Mutter.
Obwohl ich nicht vorhatte, mich fotografieren zu lassen, ging ich mit. Lotte trug ein neues Sommerkleid. Ihr blauschwarzes Haar hatte sie sorgfältig hochgekämmt. Zusammen mit Dave posierte sie auf der Bank von Herrn Smelting.
»Schauen Sie mal eben auf meine Hand«, sagte der Fotograf. Er streckte seine Hand nach oben, und mein Bruder und seine Frau sahen dorthin.
»Jetzt noch kurz lachen«, sagte Herr Smelting. Sie lächelten gleichzeitig.
»Danke schön«, sagte er. »Der Nächste bitte.«
Meine Eltern sahen auch auf die Hand. »Lachen Sie ruhig soviel Sie können«, sagte er. »Auf einem Foto sollte man so fröhlich wie möglich aussehen.«

»Ich komme ein anderes Mal wieder«, sagte ich.
Es brach eine arbeitsreiche Zeit für Herrn Smelting an. Der eine hörte es vom anderen. Regelmäßig bekamen wir Besuch von Bekannten, die uns ihre Porträts zeigten. Sie sahen alle gleich aus. Jeder hatte auf die Hand gesehen und kurz gelacht. Eines Mittags sollte meine Mutter Frau Zwagers besuchen; sie wollte ihr auch die Fotos zeigen. Aber eine halbe Stunde später kam sie völlig aufgelöst zurück.
»Sie sind weg«, sagte sie. »Die ganze Familie Zwagers ist untergetaucht. Ich hörte es von den Nachbarn. Sie haben alles zurückgelassen. Ich ging an ihrem Haus vorbei. Es sah so aus, als ob sie noch dort wohnten.«
Es war das erste Mal, daß wir hörten, daß jemand untergetaucht war.
»Wo werden sie hingegangen sein?« fragte ich.
»Selbstverständlich irgendwo aufs Land, zu Bauern«, sagte meine Mutter. »Sie hat mir nichts davon erzählt.«
»Natürlich nicht«, sagte mein Vater. »So etwas hängt man nicht an die große Glocke.«
»Das ist schon was«, sagte meine Mutter. »Alles so zurückzulassen.«
»Wenn man Ferien macht, läßt man seine Sachen auch so zurück«, sagte ich.
»Dann weiß man aber, wann man zurückkommt«, sagte meine Mutter. »Und dann mit vier Kindern«, fügte ich hinzu. »Was muß man dafür nicht alles mitnehmen.«

»Untertauchen«, sagte ich zu meinem Vater, »es kommt mir so vor, als ob man sich aus dem Leben zurückzieht.«
»Vielleicht haben sie recht«, sagte mein Vater. »Was soll man dazu sagen?«
»Ich hätte ihr gerne die Fotos gezeigt«, sagte meine Mutter. »Wer weiß, wie lange sie noch wegbleiben werden.«

ES GESCHAH

»Knechte herrschen über uns,
und ist niemand, der uns
vor ihrer Hand errette.«
Klagelieder 5, 8

Ich hatte immer gedacht, daß uns nichts geschehen würde. Ich konnte mir dann auch zuerst nicht vorstellen, daß es wahr sei. Als an jenem Morgen das Telegramm aus Amsterdam kam, war mein erster Gedanke: jemand muß sich geirrt haben. Aber dem war nicht so.

Um Genaueres zu erfahren, ging ich mit meinem Vater zu einem Bekannten telefonieren, der mit einer Hebamme verheiratet war. Sie war keine Jüdin und durfte deshalb ihr Telefon für ihre Arbeit behalten. In einem dunklen Hinterzimmer war sie dabei, ein Köfferchen zu packen, während mein Vater versuchte, Verbindung mit Amsterdam zu bekommen.

Ich konnte von dem Gespräch nicht viel verstehen. Er gab nach langen Zwischenpausen kurze Antworten, als ob die Person am anderen Ende der Leitung ausführlich etwas berichtete.

Währenddessen ging die Hebamme im Zimmer hin und her, suchte etwas in einem Schrank, ging in einen anderen Raum und kam wieder zurück. Sie war groß und blond. Sie hatte flache Schuhe an, und die ledernen Sohlen knarrten andauernd.
»Auf dem Merwedeplein haben sie angefangen«, sagte mein Vater, als das Gespräch beendet war. Er blieb noch einen Moment mit dem Hörer in der Hand stehen.
»Ich geh mit Ihnen runter«, sagte die Hebamme. Sie schloß den Koffer und zog ihren Mantel an. Sie ging uns voran zum Flur. »Eine fürchterliche Zeit«, sagte sie, »und ich habe schrecklich viel zu tun; es ist kaum zu schaffen.«
»Abends um neun Uhr sind sie mit Überfallwagen vorgefahren«, sagte mein Vater. Er blieb in der Türöffnung stehen, als ob er sich nicht zwischen der Straße und dem Zimmer mit dem Telefon entscheiden könne.
»Ist es Ihre andere Tochter?« fragte die Hebamme.
Mein Vater nickte.
Die Hebamme zog die Tür zu.
»Was bin ich Ihnen schuldig?« fragte mein Vater.
»Sechzig Cent«, sagte sie. »Es sind fast immer Töchter. Die Leute denken immer, daß es ein Sohn wird, aber in den meisten Fällen ist es eine Tochter.« Sie grüßte und stieg eilig aufs Rad.
Langsam ging ich mit meinem Vater in die andere Richtung. Er sah starr vor sich hin.

Ich sah es vor mir. Ich sah die großen Autos, und ich sah meine Schwester darin sitzen.

»Man kann nichts tun«, sagte mein Vater, »man kann keine Hand ausstrecken.«

Ich wußte nicht, was ich sagen sollte. Ich fühlte mich genauso wie damals, vor langer Zeit, als ich sie fast hatte ertrinken sehen. Wir hatten bei meinen Großeltern in Twente Ferien gemacht, und wir waren von da aus für einen Tag an die Dinkel gefahren. Ich war sieben und Bettie acht Jahre alt.

Wir durften ein bißchen im Wasser planschen, während meine Eltern unter einem Baum im Schatten saßen. Wir pflückten Blumen am Ufer, und Bettie sagte:

»Da drüben sind schöne.« Sie stapfte darauf zu, und ich sah, wie sie plötzlich im Wasser verschwand. Ich stand sprachlos und unbeweglich, starrte auf ihren Arm, der nur sichtbar blieb, weil sie sich an einem Grasbüschel festgekrallt hatte. Mein Vater sprang angezogen ins Wasser und konnte gerade noch ihre Hand greifen.

Noch lange sah ich den aus dem Wasser ragenden Arm vor mir. Wenn wir miteinander spielten oder wenn wir am Tisch saßen, sah ich ihn an, und dann konnte ich keine Ähnlichkeit mehr feststellen.

Wir waren zu Hause angekommen. Mein Vater ging hinein. Ich blieb im Vorgarten und setzte mich auf die Bank. In den Beeten blühten Narzissen und Tulpen. Am Tag vorher hatte ich welche gepflückt; ich konnte sehen, wo ich sie abgeschnitten hatte.

Drinnen berichtete mein Vater von dem Überfallwagen, der vorgefahren war.
Nun hatte es keinen Sinn mehr, daß sie ihren Arm aus dem Auto streckte. Wenn sie es tun würde, dann nur, weil drinnen kein Platz mehr dafür wäre, denn es gab niemand, der ihr von außen die Hand reichen würde.

CAMPINGBECHER

Sie sagten zu uns: »Ihr hättet schon längst weg sein müssen.« Aber wir zuckten mit den Achseln. Wir blieben. Ich durfte jetzt viel spazierengehen, und ich hatte hinter unserem Haus einen Pfad entdeckt, der in einen Wald führte. Es war dort sehr still. Ab und zu kam ein Bauer mit Milchkannen vorbei. Er sah auf den Stern an meinem Mantel und grüßte scheu, aber das hätte er bei jedem getan.
Ein magerer Hund lief neben mir her. Der schrille Ruf einer Frau war in der Ferne zu hören.
Eines Tages kam ich von einem Spaziergang nach Hause und fand drei Briefe im Briefkasten. Drei gelbe Umschläge. Unsere Namen standen voll ausgeschrieben darauf, und auch unsere Geburtsdaten. Es waren die Einsatzbefehle.
»Wir müssen uns melden«, sagte Dave.
»Ich habe wenig Lust dazu«, sagte Lotte. Alles war noch so neu in ihrem Haus.
»Wir werden etwas von der Welt sehen; ich stelle es mir abenteuerlich vor«, sagte Dave.
»Es wird eine große Reise sein«, sagte ich. »Ich bin noch nie weiter gewesen als bis Belgien.«

Wir kauften Rucksäcke und fütterten unsere Kleidung mit Pelz und Flanell. Wir steckten überall Schachteln mit Vitamintabletten hinein. Sie hatten uns gesagt, daß wir das tun sollten. In den Aufforderungen stand auch noch, daß wir Campingbecher mitnehmen sollten. Dave wollte sie in der Stadt kaufen. Als er schon fast am Ende der Straße war, lief ich ihm hinterher.
»Ich gehe mit«, sagte ich. »Sie werden nicht leicht zu bekommen sein.«
»Meinst du?« fragte Dave. »Wir werden sehen.«
In dem Haushaltswarengeschäft, wo wir zuerst waren, sahen wir nur Keramikbecher. »Die zerbrechen zu schnell unterwegs«, sagte Dave. Im nächsten Laden hatten sie zwar Campingbecher, aber die fand er zu klein. »Da geht nichts rein«, sagte er.
Schließlich kamen wir in einen Laden, wo sie Becher hatten, die er geeignet fand. Es waren rote zusammenklappbare Becher, und groß.
»Was da wohl alles 'reinkommt?« fragte mich Dave.
»Da kann alles hinein, mein Herr«, sagte der Verkäufer. »Milch und Kaffee, heiß serviert, oder Wein und Limonade. Sie sind von ausgezeichneter Qualität, färben nicht und haben keinen Beigeschmack. Außerdem sind sie garantiert unzerbrechlich.«
»Dann werden wir drei nehmen«, sagte Dave. »Haben Sie nur rote?«

»Ja«, sagte der Verkäufer, »ich habe nur rote; aber zum Zelten sieht es sehr farbenfroh aus.«
»Sie haben recht«, sagte Dave. Wir gingen aus dem Laden. Er trug die Becher, aus denen der Verkäufer ein tadelloses Päckchen gemacht hatte.
»Es ist schade, daß wir nirgends hingehen dürfen«, sagte er, »wir hätten sonst in der Stadt Kaffee trinken und sie gleich ausprobieren können.«
»Sie müssen erst abgewaschen werden«, sagte ich.
Auf dem Weg nach Hause trafen wir Herrn Zaagmeier. »Wir haben Becher gekauft«, sagte Dave zu ihm, »schöne rote Campingbecher, für jeden von uns einen.«
»Habt ihr auch einen Einsatzbefehl bekommen?« fragte Herr Zaagmeier. »Ach, ach, mein Sohn auch. Ich werde jetzt versuchen, ob da etwas zu machen ist.«
»Warum?« fragte Dave. »Es hilft ja doch nichts.«
»Kommt mal mit«, sagte Herr Zaagmeier. »Kommt mal mit mir mit, ich kenne jemanden. Vielleicht kann der für euch etwas tun.«
»Wir haben schon gepackt«, sagte ich.
Herr Zaagmeier nahm uns mit zu dem Bekannten.
»Ich werde euch helfen«, sagte der Bekannte, »wenn ihr genau das tut, was ich euch sage.«
»Schade«, sagte Dave noch einmal, »wir haben schon gepackt, überall Vitamintabletten eingenäht und gerade Campingbecher gekauft.«
»Wenn man dort hingeht, kommt man nie wieder

zurück«, sagte der Bekannte von Herrn Zaagmeier, »seid vernünftig.«
»Sie werden uns festnehmen, wenn wir uns nicht melden«, sagte ich.
»Macht mal, was ich sage«, sagte der Bekannte von Herrn Zaagmeier. »Kommt heute abend um neun Uhr zu mir.«
Auf dem Weg nach Hause sagte keiner von uns ein Wort. Schließlich sagte Dave: »Ich verstehe nicht, warum die Leute uns solche Angst machen. Was sollen sie uns denn tun?«
»Ja«, sagte ich. »Was sollen sie uns tun?«
»Wir hätten etwas von der Welt sehen können«, sagte er nachdenklich.
Lotte wartete im Vorgarten auf uns.
»Was seid ihr lange weggeblieben«, sagte sie.
»Der Doktor ist hiergewesen. Er will nicht, daß du weggehst, da es dir gerade erst besser geht. Du mußt vorsichtig sein, hat er gesagt. Er hat ein Attest für dich dagelassen.«
»Ach«, sagte ich, »keiner von uns dreien geht.«
»Ja«, sagte Dave, »wir haben schon Campingbecher gekauft. Guck mal.« Er packte sie aus und stellte sie auf einen Mauervorsprung.
»Was sollen wir nun damit anfangen?« fragte er.

VERSIEGELT

Wir brauchten nicht zu dem Bekannten von Herrn Zaagmeier zu gehen, denn Dave bekam auch ein Attest. Es standen nun zwei Betten im Zimmer, und mein Bruder und ich liefen den ganzen Tag im Pyjama herum, um ins Bett springen zu können, sobald es klingeln würde. Lotte durfte bleiben, um uns zu versorgen. Aber meine Eltern mußten nach Amsterdam, weil sie über fünfzig waren.

Das war eine neue Verordnung. Sie durften nur einen einzigen Koffer mit Kleidung mitnehmen. Bevor sie weggingen, mußten der Koffer und das Zimmer, in dem sie gewohnt hatten, versiegelt werden.

»Hast du nichts vergessen?« fragte mein Vater.

»Nein, nichts«, sagte meine Mutter. Sie ging im Zimmer hin und her, als ob sie nach etwas suchte, was sie noch mitnehmen könnte. Mein Vater stand am Fenster und sah nach draußen.

»Sie sollten vor drei Uhr kommen«, sagte er. »Es ist schon fünf Minuten über die Zeit.«

»Glaubst du, daß der Koffer wieder aufgemacht werden muß?« fragte meine Mutter.

»Aber nein«, sagte mein Vater, »dafür haben sie sowieso keine Zeit mehr. Sie kleben nur ein Siegel darauf, mehr nicht. Da sind sie.«
Zwei Männer in schwarzen Ledermänteln machten die Gartenpforte auf und klingelten. Dave und ich lagen schon im Bett. Lotte ging zur Tür. Sie kamen herein, ohne etwas zu sagen.
»Muß der Koffer noch aufgemacht werden?« hörte ich meine Mutter sagen.
»Deshalb kommen wir«, sagte einer von ihnen.
Ich hatte gesehen, wie sorgfältig meine Mutter alles eingepackt hatte. Nun würden sie alles wieder durcheinanderwühlen, als ob auf dem Boden des Koffers etwas läge, was sie verloren hätten. Es erinnerte mich an einen Ausflug nach Belgien, den wir kurz vor dem Krieg gemacht hatten. Auf der Rückfahrt wurde meine Mutter sehr unruhig. Sie fragte meinen Vater alle fünf Minuten, ob er glaube, daß der Koffer geöffnet werden müßte. Ich begriff erst nicht, warum sie aufgeregt war. Aber das wurde mir klar, als der Zollbeamte später ihren Koffer durchsuchte. Es stellte sich heraus, daß zwei große Flaschen Eau de Cologne darin waren. Dafür mußte Einfuhrzoll bezahlt werden, und meine Mutter hätte sie ebensogut in Holland kaufen können.
Als die Männer weg waren, betrachteten wir die Siegel. »Es ist kein Kunststück, die Siegel zu lösen und noch etwas in den Koffer zu tun«, sagte ich. »Man kann sie immer wieder mit Leim festkleben.«

Ich pulte an einer Ecke. Es ließ sich tatsächlich leicht lösen.
»Laß nur«, sagte mein Vater, »wir brauchen nichts mehr. Und überhaupt, so lange bleiben wir nicht fort.« Er hatte einen so unerschütterlichen Optimismus, daß es ansteckend wirkte. Ich fragte ihn immer wieder, was er von allem hielt, nur weil ich schon im voraus wußte, daß ich etwas hören würde, was mich beruhigte. Als ich durch die Geschichten, die andere über Polen erzählten, Angst bekam, sagte er immer: »So schlimm wird es nicht werden.« Ich habe nie gewußt, ob mein Vater das selbst glaubte oder ob er es nur sagte, um uns Mut zu machen.
»Hör mal«, sagte er, »sie brauchen natürlich junge Menschen für die Kriegsindustrie, denn alle Männer sind beim Militär. Die älteren müssen in Amsterdam wohnen. Sie errichten dort wieder ein Ghetto. Es wird eine große Kille werden.«
»Laßt uns hoffen, daß es nicht mehr lange dauert«, sagte meine Mutter. Ich wußte, daß sie an Bettie dachte. »Es geht mir gut«, schrieb sie auf einer Karte, die wir ein paar Tage nach der Razzia von ihr bekommen hatten. »Mach Dir vor allem keine Sorgen.« Wenn es nicht zu lange dauerte, würde sie es wohl aushalten können. »Sie ist kräftig und gesund«, sagten alle. »Sie wird sich schon durchschlagen.«
Als meine Eltern fort waren, standen Lotte und ich im Flur und betrachteten das Siegel, das über den

Türrahmen geklebt war. Das Zimmer bekam dadurch etwas Geheimnisvolles. Als ob da etwas verborgen lag, das wir nicht sehen durften.
»Wir gehen einfach hinein«, sagte Lotte. Mit ihrem Fingernagel ritzte sie das Siegel auf der Türspalte in der Mitte durch. Wir hatten das Gefühl, ein fremdes Zimmer zu betreten. Vorsichtig, als ob wir Angst hätten, daß jemand uns hören könnte, gingen wir um den Tisch herum, berührten zaghaft einen Stuhl, einen Schrank.
»Sie haben alles aufgeschrieben«, flüsterte Lotte. »Wir können nichts mehr herausholen.«
Ich verschob eine Vase. »Es ist auch so, als ob es nicht mehr uns gehört«, flüsterte ich zurück. »Wie kommt das nur?«
»Weil sie überall mit ihren Händen drangewesen sind«, sagte Lotte.
Wir gingen aus dem Zimmer und ließen das Siegel aufgebrochen.

ZUR AUFBEWAHRUNG

»Wie du es so viele Monate im Bett ausgehalten hast, ist mir ein Rätsel«, sagte Dave zu mir. Wir liefen nun schon einige Wochen im Pyjama herum und lagen manchmal den ganzen Tag im Bett, weil Gerüchte über Hausdurchsuchungen umgingen.
»Naja«, sagte ich, »wenn man dazu gezwungen wird.«
»Ja«, sagte er, »dann gewöhnt man sich natürlich daran. Es ist genau wie mit dem Stern-Tragen und Kein-Radio-Haben.«
»Im Krankenhaus hatte ich aber mehr das Gefühl, daß es zu meinem Besten war«, sagte ich.
»Sag mal, darf ich deinen Tennisschläger leihen?« hörte ich auf einmal draußen rufen. Die Terrassentür stand offen. Die Tochter des Nachbarn steckte ihren Kopf über den Zaun. Lachend sah sie herein.
»Ja, natürlich«, rief ich zurück.
Sie kletterte über den Zaun in unseren Garten.
»Fein«, sagte sie. Sie klopfte etwas Sand von ihrem weiten, geblümten Rock.
»Ich brauche ihn nicht«, sagte ich, »du kannst ihn ruhig haben.«

»Ihr spielt jetzt natürlich doch kein Tennis, oder?« sagte sie.
»Nein«, sagte Dave. »Jetzt nicht.«
»Übrigens würdest du vom Arzt aus sowieso noch nicht spielen dürfen«, sagte sie zu mir.
»Du hast recht«, sagte ich. »Komm mal eben mit in mein Zimmer.«
Wir gingen nach oben. Während ich in einem Schrank nach meinem Schläger suchte, schnüffelte das Mädchen zwischen meinen Büchern herum.
»Das ist ja hübsch!« sagte sie.
Ich drehte mich um. Ich dachte, sie meinte ein Buch, aber sie stand da mit einem Keramikkätzchen in der Hand.
»Nimm es ruhig mit«, sagte ich. »Wir werden hier doch nicht mehr lange bleiben können.«
»Gern«, sagte sie. »Es wäre schade, all die hübschen Sachen hier stehenzulassen.«
»Das stimmt«, sagte ich. »Nimm ruhig noch etwas mit.«
Sie lief im Zimmer umher, nahm sich eine kleine Vase, eine Holzschale, ein altes Döschen aus Messing und noch ein paar Kleinigkeiten.
»Oh«, rief sie, »das Täschchen!« Sie legte die Sachen, die sie in der Hand hielt, auf den Tisch und nahm das Täschchen, das an einem Stuhl hing. Sie betrachtete es von allen Seiten, öffnete es und holte heraus, was drin war.
»Hier«, sagte sie, »ich werde mal alles herausnehmen. Es ist ein wunderschönes Täschchen.«

»Es gehört meiner Schwester«, sagte ich. »Sie hat es selber gemacht.«
»Konnte sie so gut mit Leder arbeiten?« fragte sie.
»Sie hat viele Sachen aus Leder gemacht. Sehr schöne.«
»Ich werde es für dich aufbewahren«, sagte sie.
»Gut«, sagte ich.
»Ich kann es doch ab und zu mal benutzen, oder?«
»Ja«, sagte ich, »kannst du.«
Mit dem Tennisschläger, dem Täschchen und den anderen Sachen in den Armen blieb sie stehen und sah sich in meinem Zimmer um, als ob sie noch etwas vergessen hätte.
»Die Kachel...«, sagte sie. Ich nahm sie von der Wand und legte sie oben auf die anderen Sachen.
»Ich werde dir die Tür aufmachen«, sagte ich.
»Ich hätte am besten eine Tasche mitbringen sollen«, sagte sie lachend.
»Aber du wußtest natürlich nicht, daß du soviel zu tragen haben würdest. Du kamst doch nur wegen des Tennisschlägers?«
»Ja sicher«, sagte sie. »Nett, daß ich deinen benutzen darf. Es ist ein guter Schläger, nicht wahr? Ich dachte, ich frage einfach mal. Es ist zu schade, wenn er im Schrank stehen bleibt, und ihr kommt vorläufig doch nicht zum Tennisspielen.«
Ich ging mit ihr die Treppe hinunter und hielt ihr die Haustür auf. »Geht's so?« fragte ich.

»O ja«, sagte sie. Sie blieb zögernd auf der Fußmatte stehen.
»Würdest du mal eben für mich nachsehen?« fragte sie. »Man muß heutzutage so aufpassen... wenn sie mich so bei euch aus dem Haus kommen sehen... man kann nie wissen... man würde sich unnötig was einhandeln.«
Ich warf mir meinen Mantel über den Pyjama und sah links und rechts die Straße hinunter.
»Ich sehe nichts«, sagte ich.
»Also dann, tschüs«, sagte das Mädchen.
Sie huschte schnell zur Pforte hinaus und rannte in den Garten des Nachbarhauses. Die Tasche baumelte an ihrem Arm. Der Schwanz des Keramikkätzchens guckte noch heraus.

HEIMKEHR

»Weißt du, was ich machen werde?« sagte ich eines Tages zu meinem Bruder. »Ich fahre nach Amsterdam.«
»Wie kommst du denn darauf«, sagte seine Frau. »Das finde ich sehr unvernünftig.«
»Ich habe es satt«, sagte ich. »Ich will mich so gerne mal wieder anziehen.«
»Das verstehe ich«, sagte Dave. »In Amsterdam könnte man vielleicht noch am besten bleiben. Eigentlich sollten wir auch dorthin gehen.«
»Aber wie stellst du dir das vor?« fragte Lotte.
»Ich nehme den Stern von meinem Mantel und steige in den Zug. Ganz einfach.«
»Wenn es bloß keine strenge Kontrolle gibt«, sagte Dave.
»Ich werde schon aufpassen«, sagte ich. »Ich gehe auf jeden Fall.«
Ich wollte meine Eltern besuchen. Sie hatten geschrieben, daß sie es gut getroffen hätten. Sie wohnten zur Untermiete in der Sarphatistraat, in einem großen Haus mit Garten.
»Wir sind schon verschiedenen Bekannten begeg-

net«, schrieb mein Vater. »Wir wohnen alle im selben Viertel.« Obwohl ich aus ihren Briefen schloß, daß es ihnen nicht schlecht ging, hatte ich das Gefühl, daß sie es schöner fänden, wenn eins ihrer Kinder bei ihnen wäre. Vor allem, weil sie sich immer mehr Sorgen um Bettie machten, von der sie nichts mehr gehört hatten.
Sobald es dunkel sein würde, wollte ich gehen. Ich war aufgeregt wie ein kleines Kind, das zum ersten Mal verreisen durfte. Nicht, weil ich meine Eltern so bald wiedersehen würde, sondern weil ich einmal so tun könnte, als ob alles normal wäre. Auf dem Weg zum Bahnhof aber dachte ich bei jeder Straßenecke, daß mich ein Polizist kontrollieren würde. Und in der schwach beleuchteten Bahnhofshalle meinte ich, daß mich jeder prüfend ansah.
Im Zug saß ich in einer Ecke, zusammengekauert neben einer Frau, die ihr Kind in den Schlaf wiegte. Der Mann mir gegenüber rauchte eine Pfeife und starrte nach draußen. Es war nichts zu sehen. Wir fuhren durch eine dunkle Landschaft und ich vergaß meine Angst. Ich begann, Gefallen daran zu finden. Ich konnte nicht aufhören, in dem eintönigen Rhythmus der Räder zu summen. Ich erinnerte mich, wie Bettie und ich, als wir noch klein waren, unsere Ferien oft in Amsterdam verbracht hatten. Damals spielten wir im Zug, wer sich das Schönste im Rhythmus der Räder ausdenken konnte. »Nach-Am-ster-dam-und-Rot-ter-dam-mit-But-ter-brot-

und-Mar-zi-pan!« leierten wir manchmal kilometerlang.
Amsterdam war dunkel und naß. Es waren noch ziemlich viele Menschen auf der Straße. Wie Schatten bewegten sie sich über den breiten Bürgersteig vom Damrak. Niemand sah mich an. Niemand folgte mir. In der Sarphatistraat hatte ich Schwierigkeiten, das Haus zu finden. Unter den Bäumen war es fast völlig dunkel. Ich ging die Eingangstreppen hinauf und versuchte, die Hausnummern zu erkennen. Endlich hatte ich es gefunden. Es war ziemlich weit hinten. Den Klingelzug schon in der Hand, dachte ich daran, daß ich nicht so einfach klingeln konnte. Jeder im Haus würde sich erschrecken. Erst pfiff ich eine Weile, aber das schien niemand zu hören. Es blieb mir nichts anderes übrig, als dann doch zu klingeln. Ich tat das vorsichtig und dreimal nacheinander. Sobald ich jemanden im Flur herankommen hörte, rief ich durch den Briefschlitz meinen Namen.
»Du bist es?« sagte mein Vater erstaunt. Er öffnete die Tür einen Spalt weit und ließ mich herein.
»Ich wollte mal vorbeischauen«, sagte ich munter.
»Kind«, sagte meine Mutter, »wie hast du das wagen können?«
»Es war nichts dabei«, sagte ich.
Die anderen Hausbewohner kamen – nachdem sie gehört hatten, daß nichts Ernstes passiert war –, um mich zu sehen.

»Bist du einfach so mit dem Zug gefahren?« fragte jemand.
»Hat niemand nach deinem Personalausweis gefragt?« fragte ein anderer.
»Hast du dich getraut, am Schalter eine Fahrkarte zu kaufen?«
Sie betrachteten die Stelle auf meinem Mantel, wo der Stern gewesen war, wie eine Sehenswürdigkeit.
»Da gucken noch gelbe Fäden raus«, sagte jemand.
»Du mußt ihn nun aber wieder annähen«, sagte meine Mutter.
»War es voll im Zug?« fragte mein Vater.
Sie fragten mich aus, als ob ich eine weite Reise gemacht hätte, als ob ich aus dem Ausland käme.
»Du wirst bestimmt Hunger haben«, sagte meine Mutter. Sie verließ das Zimmer und kam mit ein paar Butterbroten zurück.
Obwohl ich überhaupt keinen Hunger hatte, begann ich, um meine Mutter nicht zu enttäuschen, dennoch ein Brot zu essen.
Sie blieben alle um den Tisch stehen und sahen mir zu, mit Gesichtern, aus denen eine solch große Zufriedenheit sprach, daß ich – wenn auch mit Mühe – den ganzen Teller leer aß.

SOUTERRAIN

Das Haus in der Sarphatistraat hatte etwas Düsteres. Die Räume waren hoch, dunkel tapeziert, wuchtig und gediegen möbliert.
Eine Woche, nachdem meine Eltern dort eingezogen waren, war die Familie, der das Haus gehörte, plötzlich verschwunden. Meine Eltern warteten an jenem Morgen am Frühstückstisch vergeblich auf sie. Erst dachten sie, daß sie verschlafen hätten, aber als niemand kam, mußten sie annehmen, daß die Familie es vernünftiger gefunden hatte, die unruhige Stadt zu verlassen. Mit der Familie, die ebenfalls seit kurzem die obere Etage bewohnte, vereinbarten meine Eltern, daß sie das gesamte Erdgeschoß benutzen würden. Zu der Zeit, als ich zu ihnen kam, hatte meine Mutter sich schon völlig eingelebt und die Zimmer auf ihre eigene Art hergerichtet, so daß ich in der Atmosphäre etwas von unserem Haus in Breda wiederfand. Trotzdem blieb es mit seinen schmalen Gängen, dunklen Treppen und braun gestrichenen Türen ein typisches Amsterdamer Haus. Eine steile Wendeltreppe führte in einen Raum im Souterrain, voll

von Möbeln, Lampenschirmen, Seidenrollen und Schachteln mit Perlen und Borten.
Als ich das entdeckt hatte, verbrachte ich dort Stunden, stöberte zwischen den muffig riechenden Stoffresten, den mit Goldfäden bestickten Bändern und den kalten Lampenschirmgestellen herum. Als Kind hatte ich auf dem Boden oft in einer Kiste mit Karnevalssachen gekramt. Ich probierte sie alle an und lief damit ganze Nachmittage herum. Und so behängte ich mich im Souterrain mit Perlenschnüren und spazierte durch die muffigen Räume.
Eines Morgens kam mein Vater die Treppe herunter. Er hatte seinen Mantel an und trug meinen über dem Arm.
»Zieh schnell an«, sagte er. Meine Mutter kam nach ihm herunter. Ich nahm hastig die Perlen ab. Mein Vater machte das Licht aus. Im Halbdunkel setzten wir uns an das vergitterte Fenster, das zur Straßenseite hinausging. Von dort aus konnten wir nur die Füße der Passanten sehen. Zuerst kam niemand vorbei. Aber nach ein paar Minuten tauchten große schwarze Stiefel auf, die ein lautes, knallendes Geräusch machten. Sie kamen aus dem Haus rechts von uns, und sie gingen schräg an unserem Fenster vorbei zum Bordstein, wo ein Auto stand.
Wir sahen auch normale Schuhe neben den Stiefeln gehen. Braune Herrenschuhe, ein Paar schiefgelaufene Pumps und Sportschuhe. Zwei Paar schwarze Stiefel bewegten sich langsam zum Auto, als ob sie etwas Schweres zu tragen hätten.

»Es wohnen viele Menschen in dem Haus nebenan«, flüsterte mein Vater. »Das ist ein Pflegeheim. Es sind auch ziemlich viele Kranke dabei.«
Ein Paar beige Kinderstiefelchen blieben vor unserem Fenster stehen. Die Spitzen zeigten etwas nach innen, und der Schnürsenkel des einen Stiefels war dunkler als der des anderen.
»Das ist Liesje«, sagte meine Mutter leise. »Sie wächst so schnell. Die Stiefel sind schon viel zu klein für sie.«
Das Kind hob einen Fuß und, als ob es Himmel und Hölle spielte, hüpfte das eine Stiefelchen vor unserem Fenster hin und her.
Bis sich schwarze Stiefel dazu stellten. Wir hörten die Tür von dem Haus rechts zuschlagen. Die Stiefel rührten sich nicht. Sie waren gut geputzt, hatten gerade Absätze, und sie blieben bewegungslos dicht vor uns stehen. Wir sahen durch unser Fenster, als ob es ein Schaufenster wäre, hinter dem etwas Besonderes ausgestellt ist. Meine Mutter hielt den Kopf etwas schräg, weil eine Gitterstange ihr die Sicht nahm. Mein Vater sah gerade vor sich hin.
Die Stiefel setzten sich in Bewegung, und wir sahen zu, wie erst der linke vorwärts ging, dann der rechte, der linke, der rechte, vom Fenster weg, nach links.
In dem Haus links von uns hörten wir die Klingel läuten. Wir blieben sitzen, bis wir keine Stiefel mehr sahen. Danach gingen wir nach oben und hängten unsere Mäntel an die Garderobe.

SABBAT

Über das Buch meiner Mutter hinweg, die mit dem Finger auf die Zeilen wies, damit ich dem Gebet folgen konnte, sah ich durch die Stäbe des Geländers nach unten, wo ich meinen Vater in seinem Tallith stehen sah. Ich mußte an die Synagoge in Breda denken, die viel kleiner war und längst nicht so schön. Aber dort stand mein Vater in einer abgesonderten, geräumigen Bank, wie in einer Kutsche ohne Räder. Er mußte erst ein rundes Türchen öffnen und ein paar Stufen hinabgehen, um herauszukommen. Das Türchen quietschte, und wenn ich dieses Geräusch hörte, sah ich nach unten. Mein Vater begab sich in das Mittelschiff. Ich folgte seinem glänzenden hohen Hut und seinem weiten Tallith, der beim Laufen ein bißchen hinter ihm her wehte. Er stieg die Stufen zum Almemmor hinauf, wo aus der Thora gelesen wurde, und wo er ausgewählt wurde, die Mitzwen auszuteilen. Zwischen den halb gesungenen, halb gesprochenen hebräischen Texten hörte ich dann plötzlich unsere Namen. Sie klangen sehr schön auf Hebräisch. Und sie waren länger, weil der Name meines Vaters ange-

hängt wurde. Meine Mutter sah dann auch durch das Gitterwerk nach unten und lächelte meinem Vater zu. Die Frauen auf der Galerie nickten meiner Mutter zu, um zu zeigen, daß sie es gehört hatten, und warteten, ob ihre Ehemänner ihnen auch einen Mitzwe geben würden, so daß meine Mutter wiederum ihnen zunicken könnte. Das war ein Brauch der Bredaer Kille.
Hier sah ich meinen Vater etwas abseits auf einer Bank zwischen anderen Männern sitzen. Er hatte einen gewöhnlichen Hut auf, und er blieb bis zum Ende des Gottesdienstes auf seinem Platz. Es war ein langer Gottesdienst. Es wurden besondere Gebete für die Juden in den Lagern gesprochen. Manche Frauen weinten. Vor mir saß eine Frau, die sich, hinter ihrem Buch versteckt, mehrmals die Nase schneuzte. Sie trug ein rotbraunes Bandeau, das unter ihrem Hut etwas nach hinten gerutscht war. Meine Mutter hatte ihr Tefilla neben sich auf die Bank gelegt. Sie sah starr vor sich hin. Ich legte meine Hand auf ihren Arm.
»Es ist jetzt sehr kalt in Polen«, flüsterte sie.
»Sie hat doch warme Sachen mitnehmen können?« sagte ich leise. »Sie hatte schon einen Rucksack gepackt.«
Meine Mutter nickte. Der Chasan setzte mit einem neuen Gebet ein, wir standen alle auf. Unten hatte jemand eine Gesetzesrolle aus dem heiligen Schrein genommen. Die Rolle war mit violettem Samt bedeckt, und auf dem Ganzen steckte eine silberne

Krone, an der Glöckchen hingen. Die Rolle wurde durch die Synagoge getragen. Die Glöckchen klingelten. Die Männer küßten, als die Gesetzesrolle vorbeigetragen wurde, einen Zipfel des Samtes. Nach einiger Zeit erklang der Schlußgesang. Es ist eine fröhliche Melodie, die mich immer wieder überraschte, weil sie recht überschwenglich begonnen wird. Noch singend legten die Männer ihre Tallihs zusammen, und die Frauen zogen ihre Mäntel an. Ich sah, daß mein Vater seinen Tallith sorgsam in einen dafür bestimmten Beutel steckte.

Vor dem Gebäude wartete man aufeinander. Man schüttelte sich die Hände und wünschte einander »Guten Shabbes«. Mein Vater stand schon da, als wir nach draußen kamen.

Ich erinnerte mich, wie schlimm ich es als Kind fand, nach der Synagoge mit allen nach Hause gehen zu müssen. Ich hatte immer Angst, Kinder aus meiner Schule zu treffen.

Die meisten Leute verstreuten sich schnell über den Platz. Einige gingen Richtung Weesperstraat, andere zum Waterlooplein. Ein Bekannter meines Vaters fragte, ob wir ein Stück mit ihm durch die Nieuwe Amstelstraat gehen wollten.

»Ich habe Frau und Kinder aufs Land geschickt«, sagte er. »Vorläufig sind sie da besser aufgehoben.«

»Warum sind Sie nicht mitgegangen?« fragte meine Mutter.

»Ach«, sagte er, »für mich ist das nichts. Ich weiß mir schon zu helfen.«
»Sind Sie jetzt allein zu Hause?« fragte meine Mutter.
»Nein«, sagte er, »ich bin jetzt bei meiner Schwester. Sie unternimmt vorläufig auch noch nichts.«
»Was könnte man denn auch unternehmen?« sagte mein Vater.
»Na ja«, sagte der Bekannte, »man kann alle Türen hinter sich zuschlagen und verschwinden. Aber wovon leben?«
»Genau«, sagte mein Vater, »man muß leben. Man muß von irgend etwas leben.«
Wir standen an einer Ecke bei der Amstel. Ein eiskalter Wind blies uns ins Gesicht. Der Bekannte meines Vaters gab uns die Hand. »Ich muß hier entlang zu meiner Schwester«, sagte er. Er ging über die Brücke zur Amstelstraat. Eine kleine, gebeugte Gestalt, tief in den Kragen seines schwarzen Mantels geduckt, mit der Hand am Hut. Wir gingen an der Amstel entlang, über die Brücke bei der Nieuwe Herengracht, unter dem gelben Schild hindurch. Dem Schild mit den schwarzen Buchstaben »Judenviertel«. Ein paar Kinder mit Wollschals hingen über dem Geländer und warfen den Möwen Brotstücke zu, die diese, beinahe das Wasser streifend, geschickt auffingen. Eine Frau schob ein Fenster hoch und rief etwas. Die Kinder ließen den Rest des Brotes auf die Erde fallen und rannten ins Haus.

»Laßt uns den kürzesten Weg nach Hause nehmen!« sagte meine Mutter. Wir gingen die Gracht entlang.
»Wir sind gleich zu Hause«, sagte mein Vater.
»Man hört, daß immer mehr Leute untertauchen«, sagte ich.
»Ja«, sagte mein Vater, »wir werden sehen, daß wir für dich auch noch etwas finden.«
»Nein«, sagte ich, »ich geh' nicht allein.«
»Wenn wir noch in Breda wohnen würden«, sagte meine Mutter, »wäre es einfacher. Da hätten wir sofort eine Adresse. Hier kennen wir niemanden.«
»Wir hätten vielleicht einfach bei den Nachbarn bleiben können«, sagte ich.
»Ach, überall«, sagte meine Mutter.
»Wir hatten überall Freunde.«
»Hier kostet das viel Geld«, sagte mein Vater. »Wo soll ich das hernehmen?«
»Wenn wir nur mehr Leute kennen würden«, sagte meine Mutter.
»Laßt uns abwarten«, sagte mein Vater, »vielleicht wird es nicht nötig sein. Und wenn es nicht nötig ist, dann bist du da bei Fremden und fällst ihnen zur Last.«
Wir waren wieder zu Hause. Mein Vater steckte den Schlüssel ins Schloß. Ich sah unwillkürlich die Straße hinunter, bevor ich hineinging. Im Zimmer brannte Feuer im Ofen, und der Tisch war gedeckt. Das hatte meine Mutter gemacht, bevor wir wegge-

gangen waren. Mein Vater ging sich die Hände waschen. Danach kam er zu uns an den Tisch, nahm die bestickte Decke vom Sabbatbrot, brach das Ende ab und teilte es – dabei ein Gebet sprechend – in drei Stücke, die er in Salz stippte. Ich murmelte mein Brooche und aß die salzige Kruste.
»So ist es gut«, sagte mein Vater und setzte sich.

DAS MÄDCHEN

An einem Freitag sollte ich nachmittags für meine Mutter etwas einkaufen. »Geh mal zur Weesperstraat«, sagte meine Mutter, »da kannst du alles bekommen.«
Tante Kaatje sollte zum Essen kommen. Mein Vater mußte sie aus dem Altersheim abholen, denn sie konnte nicht mehr allein über die Straße gehen. Sie war über achtzig und die Zwillingsschwester meiner Großmutter, die bereits einige Jahre vor dem Krieg gestorben war. Sie fand es sehr nett, wenn mein Vater sie zum Essen abholen kam. Dann konnte sie mal wieder etwas von früher erzählen, als ihr Mann noch lebte. Sie hatte um die Jahrhundertwende viele Reisen ins Ausland gemacht, und daran konnte sie sich noch genau erinnern. Nach dem Tod ihres Mannes war sie in das Heim gezogen, denn Kinder hatte sie keine. Am schlimmsten fand sie, daß sie nicht mehr verreisen durfte.
»Gut möglich, daß ich noch mal eine Reise machen werde«, sagte sie, als sie bei uns war, »wenn bloß erst der Krieg vorbei ist.«
»Tante Kaatje mag so gern Butterkuchen«, sagte

meine Mutter, »vergiß nicht, welchen mitzubringen.«
Ich versprach, daß ich an alles denken würde. Während ich meinen Mantel anzog, kam meine Mutter noch kurz in den Flur.
»Komm schnell zurück«, sagte sie, »es wird früh dunkel.« Es klang wie zu der Zeit, als ich vor dem Essen noch eine Weile draußen spielen durfte; nur der Grund, warum sie es sagte, war ein anderer.
Kaum hatte ich die Tür hinter mir zugezogen, kam ein dicker Mann auf mich zu. Es war gerade so, als ob er dagestanden hätte, um auf mich zu warten und wüßte, daß ich in diesem Augenblick nach draußen kommen würde. Er blieb dicht vor mir stehen, so daß ich nicht vorbei konnte.
»Wie heißt du?« fragte er.
Ich nannte meinen Namen. Er hatte ein Doppelkinn und wäßrige Augen mit dicken Tränensäcken darunter. Seine Wangen waren rotgeädert.
»Ach«, sagte er, »das soll ich dir glauben?«
»So heiße ich«, sagte ich.
»Ein großes Maul habt ihr alle«, sagte er, »wo gehst du hin?« »Einkaufen«, sagte ich. Ich wollte weitergehen.
»Hehe«, sagte er, »bleib stehen!«
Ich blickte kurz zur Seite und sah die Leute, die vorbeikamen, aber niemand beachtete uns.
Es war, als ob wir uns ganz normal unterhielten.
»Wie heißt du?« fragte er erneut.
Ich nannte ihm wieder meinen Namen. Er zog seine

Oberlippe hoch. Er hatte braune Zähne, die vorderen standen schief.
»Wie alt?« fragte er. Ich sagte ihm, wie alt ich war.
»Das kommt hin«, sagte er. Er streckte seine Hand aus.
»Deinen Personalausweis.«
Es wunderte mich, daß er das erst jetzt fragte. Ich holte meinen Personalausweis aus meiner Tasche. Er riß ihn aus meinen Fingern und besah ihn sorgfältig.
»Hmm«, sagte er, »ich muß jemand anders haben.«
Er nannte einen Namen, den ich noch nie gehört hatte.
»Kennst du die? Sie muß hier irgendwo stekken.«
»Nein«, sagte ich, »die kenn ich nicht.«
»Bist du sicher?« drängte er. Er kam noch ein wenig näher an mich heran. Auf dem Revers seines Mantels waren Reste von grauer Asche. Seine Krawatte saß schief.
»Ich kenne sie nicht«, sagte ich nochmals. Ich ging einen Schritt zurück.
»So«, brummte er. Er gab mir den Personalausweis zurück.
»Hau ab.« Ich ging weiter. Erst beim Weesperplein wagte ich, mich umzusehen. In der Ferne sah ich ihn noch stehen. Ich fragte mich, wer das Mädchen war. Vielleicht hatte ich sie einmal gesehen,

waren wir in der Sarphatistraat aneinander vorbeigegangen.
In der Weesperstraat war viel los. In den kleinen Geschäften standen die Frauen mit ihren Einkaufstaschen, um für den Sabbat alles einzuholen. Verkäuferinnen und Ladenbesitzer mit weißen Kitteln, den gelben Stern auf der Brusttasche mit dem Bleistift drin, bewegten sich geschäftig hinter den Ladentischen. Es wurde gelacht über den Witz, den eine dicke Frau mit einer vollen Tasche erzählte. Zwei kleine Jungen besahen andächtig die Auslage eines Süßwarenladens. Sie hatten dunkelblaue Jakken an, und der Stern war tief aufgesetzt. Es schien genau so, als ob sie kleine Windmühlen in ihren Taschen hätten, die sich jeden Augenblick im Wind drehen könnten. Ich hatte bald meine Einkäufe erledigt und eilte wieder nach Hause. Ich ging nun die Achtergracht entlang, wo es ruhiger war. In das Krankenhaus an der Ecke ging gerade eine alte Frau hinein. Sie wurde von zwei Männern gestützt, und sie hielt sich ein weißes Taschentuch vor den Mund.
Tante Kaatje würde jetzt schon da sein. Sie würde sich freuen, wenn sie hörte, daß ich den Butterkuchen in der Weesperstraat geholt hatte. »Nirgends auf der ganzen Welt kann man solchen Kuchen bekommen«, sagte sie immer. Und wir glaubten es, denn sie mußte es wissen.
Als ich bei der Roetersstraat um die Ecke kam, sah ich, daß der dicke Mann weg war. Ich wollte meine

Mutter fragen, ob sie das Mädchen kannte, aber sie kam mir mit einem besorgten Gesicht im Flur entgegen.

»Tante Kaatje ist weg«, sagte sie. »Alle aus dem Heim wurden abgeholt.«

»All die alten Menschen?« fragte ich.

Meine Mutter nickte. Ich gab ihr meine Tasche mit den Einkäufen. Sie wollte so gern noch mal verreisen, dachte ich, als ich hineinging. Mein Vater erzählte, was er von den Leuten aus der Nachbarschaft des Heims gehört hatte. Erst Stunden später dachte ich wieder an das Mädchen, das genau so alt war wie ich und das ich nicht kannte.

DIE LEPELSTRAAT

Als ich in die Lepelstraat einbog, sah ich am Ende der Straße einen Überfallwagen ankommen. Männer mit Helmen und grünen Uniformen saßen dicht hintereinander auf den Bänken. Der Wagen hielt, und die Männer sprangen heraus. Ich drehte mich um und wollte zurückgehen, aber ein zweiter Wagen war schon hinter mir in die Straße eingebogen. Auch in diesem saßen die Männer unbeweglich und kerzengerade, Gewehr bei Fuß, wie Zinnsoldaten in einem Spielzeugauto. Sie sprangen gleichzeitig auf beiden Seiten heraus, liefen zu den Häusern und stießen die Türen auf. Die meisten waren nur angelehnt, so daß sie ohne Mühe hinein konnten. Einer von ihnen kam auf mich zu. Er sagte, ich müsse einsteigen. Es saß niemand in dem Auto.
»Ich wohne nicht hier«, sagte ich.
»Trotzdem einsteigen«, sagte der Mann in der grünen Uniform.
Ich blieb stehen. »Nein«, sagte ich noch einmal nachdrücklich, »ich wohne nicht in der Lepelstraat. Fragen Sie Ihren Kommandanten, ob Sie auch Leute, die in einer anderen Straße wohnen, mitnehmen sollen.«

Er drehte sich um und ging zu dem Offizier, der einige Meter vom Auto entfernt die Arbeit seiner Untergebenen beobachtete. Sie sprachen kurz miteinander, wobei der Soldat ein paarmal auf mich zeigte. Ich war auf derselben Stelle stehengeblieben und sah aus einer Tür nicht weit von mir einen kleinen Jungen kommen. Er hatte einen Rucksack in der einen und ein Butterbrot mit Sirup in der anderen Hand. Sein Kinn war verschmiert. Durch eine offene Tür hörte ich schwere Schritte auf der Treppe. Der Soldat kam zurück und fragte mich nach meinem Personalausweis. Er ging damit zum Offizier, der ihn sich ansah und ihn dem Soldaten zurückgab. Er murmelte etwas, seine Lippen bewegten sich kurz dabei. Mit dem Ausweis in der Hand, die auch das Gewehr umfaßte, kam der Soldat wieder zu mir. Er ging langsamer als beim ersten Mal. Er trat auf ein Stück Papier, das über den Bürgersteig wehte. Sein Helm saß dicht über den Augen, es war so, als wäre seine Stirn aus grünem Stahl. Der kleine Junge in der Türöffnung hatte sein Butterbrot aufgegessen und schnallte sich den Rucksack um.
Der Soldat gab mir den Ausweis und sagte, daß ich gehen könne. Ich ging am Wagen vorbei. Es saßen ein paar Frauen auf den Bänken. Eine alte Frau kletterte unbeholfen hinein. Sie hatte eine braune Decke bei sich. Ein Mann hinter ihr stieß sie hinein. Irgendwo wurde laut an eine Tür geschlagen. Ein Fenster wurde zugeworfen.

In der Roeterstraat begann ich zu laufen. Ich rannte weiter, bis ich zu Hause war.
»Was bist du schnell zurück«, sagte meine Mutter. »Bist du nicht beim Schlachter gewesen?«
»Nein«, sagte ich, »das ging nicht.«
»War er geschlossen?« fragte meine Mutter.
»Nein«, sagte ich, »die Lepelstraat war abgesperrt.«
Am nächsten Morgen ging ich wieder durch die Lepelstraat. Sie war mit Papier übersät. Überall standen die Türen weit offen. In einem dunklen Hauseingang saß eine graue Katze auf der Treppe. Als ich stehenblieb, rannte das Tier nach oben und starrte mich, den Rücken gekrümmt, an. Auf einer der Stufen lag ein Kinderhandschuh. Der Türrahmen war zersplittert, und der Briefkasten hing schief an einem Nagel. Papier ragte heraus. Ich konnte nicht richtig sehen, ob es Drucksachen oder Briefe waren. Aus mehreren Fenstern flatterten die Vorhänge nach draußen. Irgendwo lag ein umgefallener Blumentopf auf einem Fenstersims. Hinter einem anderen Fenster sah ich einen gedeckten Tisch stehen. Ein Stück Brot auf einem Teller. Ein Messer, das in der Butter steckte. Der Laden des Schlachters, wo ich am Tage vorher Fleisch holen sollte, war leer. Es war ein Brett vor die Tür genagelt, so daß niemand hinein konnte. Jemand mußte das schon früh am Morgen gemacht haben. Von draußen sah die Schlachterei ganz aufgeräumt aus. Als hätte der Schlachter den Laden erst noch sau-

bergemacht. Der Fensterladen vom Geschäft des Krämers war heruntergelassen. Es hing noch der Essiggeruch der Gurkenfässer in der Luft. Unter dem Fensterladen hindurch lief eine nasse Spur über den Bürgersteig zum Rinnstein. Sie mußte von den Fässern kommen, die umgefallen waren. Plötzlich kam ein Wind auf. Die Papierfetzen wirbelten über den Asphalt, flogen gegen die Häuser. In meiner Nähe schlug eine Tür zu. Niemand war herausgekommen. Ein Fenster klapperte. Es wurde nicht geschlossen. Ein Fensterladen schlug hin und her. Und es war noch nicht Abend.

Bevor ich um die Ecke bog, sah ich etwas auf einem Türpfosten. Das rote Auge auf der Emaille-Plakette der Wach- und Schließgesellschaft.

Die Tür stand offen.

DIE MÄNNER

Am Abend, als die Männer kamen, ging ich zur Gartenpforte hinaus. Es war ein milder Frühjahrstag. Wir hatten nachmittags in Liegestühlen im Garten gelegen, und abends merkte ich, daß mein Gesicht schon etwas verbrannt war.

Meine Mutter war die ganze Woche krank gewesen, und an diesem Nachmittag lag sie, wieder etwas erholt, in der Sonne.

»Morgen fang' ich einen Sommerpullover für dich an«, versprach sie mir. Mein Vater lag schweigend im Liegestuhl, rauchte eine Zigarre und ließ das Buch auf seinem Schoß zugeschlagen. Im Schuppen hatte ich einen Schläger und einen Tennisball gefunden, den ich zur Übung ein bißchen gegen die kleine Mauer spielte. Der Ball flog regelmäßig darüber hinweg, und dann mußte ich die Gartenpforte öffnen, um ihn auf der Straße zu suchen. Manchmal landete er auch hinter dem Bretterzaun. Zwischen unserem Garten und dem der Nachbarn war ein schmaler Graben mit einem Zaun an jeder Seite. Man konnte gerade eben darin stehen, ohne gesehen zu werden. Während ich nach meinem Ball suchte, kam mein Vater.

»Das wäre ein gutes Versteck«, sagte er.
Er kletterte über den Zaun, und wir kauerten hinter einem Baum, der weder uns noch den Nachbarn gehörte. Unsere Füße versanken im weichen Boden, und es roch nach vermoderten Blättern. Während wir da im Halbdunkel verborgen saßen, pfiff mein Vater kurz.
»Hallo«, rief er dann.
»Wo seid ihr?« fragte meine Mutter. Sie hatte wohl etwas gedöst.
»Kannst du uns sehen?« rief mein Vater.
»Nein«, rief meine Mutter, »wo seid ihr denn?«
»Hier«, sagte mein Vater, »hinter dem Zaun. Guck mal genau hin.« Wir spähten durch eine Ritze und sahen meine Mutter näherkommen.
»Ich sehe euch noch immer nicht«, sagte sie.
»Schön«, rief mein Vater. Er streckte sich und sprang behende über den Zaun. »Bleib du noch sitzen«, sagte er zu mir. Er gab nun meiner Mutter zu verstehen, daß sie auch versuchen sollte hinüberzuklettern.
»Warum denn?« fragte sie.
»Versuch's doch mal«, sagte er.
Meine Mutter mußte es noch einige Male wiederholen, bis mein Vater fand, daß sie es gut genug machte. Er kletterte nun selbst auch wieder hinüber, und wir kauerten zu dritt im Graben.
»Hier sucht uns kein Mensch«, sagte er. »Laßt uns noch ein wenig so sitzen bleiben, um zu sehen, ob wir es in dieser Stellung aushalten können.«

Aber ich entdeckte zwischen den Blättern meinen Ball.
»Ich geh' meine Rückhand trainieren«, rief ich und sprang in den Garten.
Mein Vater und meine Mutter blieben sitzen.
»Siehst du uns?« rief mein Vater.
»Nein«, rief ich, »ich seh nichts.« Darauf kamen sie wieder zum Vorschein. Meine Mutter klopfte ihre Kleider ab.
»Ich bin ganz schmutzig geworden«, sagte sie.
»Morgen werde ich da ein Loch graben und die Blätter wegharken, damit wir besser sitzen können«, sagte mein Vater.
An diesem Abend stand ich nach dem Essen am Fenster und sah nach draußen. Kein Mensch war auf der Straße. Es war so still, daß man die Vögel zwitschern hören konnte.
»Geh mal vom Fenster weg«, sagte meine Mutter.
»Es ist nichts zu sehen«, sagte ich. Trotzdem drehte ich mich um und setzte mich. Meine Mutter schenkte Tee ein. Leise bewegte sie sich zwischen uns und dem Teewagen.
»Vielleicht wäre es doch besser, wenn wir keinen Tee trinken würden«, sagte mein Vater.
»Wenn sie kommen sollten, könnten wir schnell in den Garten gehen.«
»Es ist so ungemütlich ohne Tee«, fand meine Mutter.
Langsam wurde es dunkel. Während mein Vater die Vorhänge zuzog, dröhnten die ersten Lastwa-

gen vorbei. Er blieb mit dem Vorhang in der Hand stehen und sah uns an.
»Da fahren sie«, sagte er.
»Sie fahren vorbei«, sagte meine Mutter. Wir horchten auf die Geräusche, die von draußen kamen. Das Motorengeräusch entfernte sich. Einige Zeit blieb es still. Danach hörten wir erneut Autos durch die Straße fahren. Es dauerte nun länger, bevor es wieder ruhig wurde. Aber dann entstand eine Stille, die wir kaum zu durchbrechen wagten. Ich sah meine Mutter auf ihre halb gefüllte Teetasse blicken, und ich wußte, daß sie sie austrinken wollte. Aber sie bewegte sich nicht.
Nach einiger Zeit sagte mein Vater: »Wir warten noch zehn Minuten, dann machen wir das große Licht an.« Aber bevor die zehn Minuten um waren, klingelte es. Es war kurz vor neun. Wir sahen einander erstaunt an. Als ob wir uns fragten: Wer könnte das sein? Als ob wir es nicht wußten! Als ob wir dachten: Es kann genauso gut ein Bekannter sein, der auf Besuch kommt! Es war schließlich noch früh am Abend, und der Tee stand bereit. Sie mußten einen Dietrich gehabt haben. Sie standen im Zimmer, bevor wir uns hatten rühren können. Es waren große Männer, und sie hatten helle Regenmäntel an.
»Hol mal unsere Mäntel«, sagte mein Vater zu mir. Meine Mutter trank ihren Tee aus. Ich zog meinen Mantel an und blieb im Flur stehen. Ich hörte meinen Vater etwas sagen. Einer der Männer erwi-

derte etwas. Ich konnte nicht verstehen, was es war. Ich lauschte mit dem Ohr an der Zimmertür. Wieder hörte ich die Stimme meines Vaters, und wieder verstand ich nichts. Dann drehte ich mich um, lief durch die Küche in den Garten. Es war dunkel. Mein Fuß stieß gegen etwas Rundes. Es mußte mein Ball sein.

Leise zog ich die Gartentür hinter mir zu und rannte die Straße hinunter. Ich rannte ununterbrochen weiter, bis ich zum Frederiksplein kam. Es war niemand zu sehen. Nur ein Hund lief schnüffelnd an den Häuserwänden entlang. Ich überquerte den Platz. Es war, als wäre ich allein in einer verlassenen Stadt.

DAS BITTERE KRAUT

In den ersten Tagen warf ich mir vor, daß ich meine Eltern im Stich gelassen hatte. Ich dachte, es wäre besser gewesen, wenn ich bei ihnen geblieben wäre. Ohne zu überlegen, war ich zur Gartentür hinausgerannt, und erst, als ich in der Weteringschans vor dem Haus stand, in dem mein Bruder seit einigen Tagen untergetaucht war, dachte ich daran zurückzugehen. Aber die Turmuhr schlug in diesem Augenblick die Stunde, nach der kein Mensch mehr draußen sein durfte, und ich klingelte.

»Das hast du richtig gemacht«, sagte Dave, »du hättest nicht anders handeln können.«

»Aber sie werden sich fragen, wo ich geblieben bin«, sagte ich. »Sie werden unruhig sein.«

»Sie verstehen es schon«, sagte Dave, »und sie sind froh, daß du entwischt bist.«

»Wenn ich zur ›Hollandse Schouwburg‹ gehe und warte, bis sie herauskommen, werden sie mich vielleicht sehen«, schlug ich vor. Aber Dave verbot es mir. Er fand es viel zu riskant.

Von Nachbarn aus der Sarphatistraat hörten wir,

daß seit meiner Flucht den ganzen Tag jemand das Haus beobachtete. Jetzt, wo sie meinen Personalausweis hatten, hatten sie auch meine Personenbeschreibung, und da alle meine Kleider noch dort waren, meinten sie, daß ich kommen und sie holen würde. Bevor ich mich wieder auf der Straße sehen ließ, machte ich eine Metamorphose durch. Lotte bleichte meine Haare. Ich saß vor dem Spiegel mit einem Laken um die Schultern, während sie mit einer Zahnbürste ein Gemisch aus Wasserstoffperoxyd und Ammoniak auf meine Haare strich. Es brannte auf meiner Kopfhaut und biß in meinen Augen, so daß ich andauernd blinzeln mußte, wie ein Kind, das seine Tränen zurückhalten will. Ich versuchte im Spiegel dem Prozeß der Verfärbung meiner Haare zu folgen. Aber ich sah nur den weißen Schaum des Peroxyds, der prickelte und zischte. Nach dem Waschen und Trocknen war ich rothaarig. Aber Lotte versicherte mir, daß ich nach mehrmaligem Bleichen blond werden würde. Ich zupfte meine Augenbrauen, bis kaum sichtbare, dünne Linien übrigblieben. Es gab nichts Dunkles mehr an meinem Äußeren. Da ich blaue Augen habe, paßte das gebleichte Haar besser zu mir als zu Lotte. Sie hatte dunkelbraune, fast schwarze Augen mit langen blauschwarzen Wimpern. Das blonde Haar verlieh ihr etwas Unnatürliches.
Erst dachten wir, daß uns nun nichts mehr passieren könnte. Wir hatten andere Papiere, und es war so, als ob wir ›normale‹ Menschen wären. Aber auf

der Straße fühlten wir uns nicht immer sicher. Wenn wir einen Polizisten sahen, erwarteten wir, daß er geradewegs auf uns zukommen würde, und es schien, als ob jeder uns nachsah und wußte, was wir waren. Frau K. sah es schließlich auch. Sie war die Frau, bei der mein Bruder unter falschem Namen ein Zimmer gemietet hatte. »Gefällt euch gebleichtes Haar so gut?« fragte sie, als sie mich von einem auf den anderen Tag so verändert sah.
»Wir finden es wunderhübsch«, sagte ich, »und wir haben ein so gutes Mittel dafür. Es ist überhaupt nicht schädlich.« Vielleicht hätte sie dem weiter keine Aufmerksamkeit geschenkt, wenn Dave nicht auch damit angefangen hätte. Er goß sich die ganze Flasche über den Kopf. Es war nicht sehr klug, denn für einen Mann ist es unmöglich, die Haare ständig nachzubehandeln, und nach ein paar Wochen würde er auffallend merkwürdig aussehen.
»Sie jetzt auch?« bemerkte Frau K. mit gespielter Freundlichkeit.
»Mein Mann hat sich aus Versehen Peroxyd statt Haarwasser über die Haare gegossen«, erklärte Lotte.
Frau K. lachte herzlich. »Ich dachte schon...«, sagte sie.
Am Abend lud sie uns zum Tee in ihr Wohnzimmer ein. Sie habe Besuch, und es wäre so gemütlich, wenn wir auch dabei wären. Später stellte sich heraus, daß ihr Besuch, ein feister Mann mit klei-

nen, listigen Augen, sein Urteil über uns abgeben und ihre Vermutungen bestätigen sollte.
»Es scheint mir besser zu sein, wenn Sie morgen früh ausziehen«, sagte sie, als wir wieder auf unserem Zimmer waren. Sie steckte ihren Kopf zur Tür herein. Im Flur zog der Mann seinen Mantel an und stieg pfeifend die Treppe hinunter.
»Ich weiß eine Adresse in Utrecht«, sagte Dave, »da können wir bestimmt hin.«
»Hoffentlich«, sagte Lotte, »denn wo sollen wir sonst unterkommen?«
»Für uns stehen noch genug Türen offen«, meinte Dave.
An diese Türen mußte ich denken, als ich in dieser Nacht im Bett lag und nicht schlafen konnte. Ich dachte an die Tür, die ich am Sederabend immer aufmachen durfte, damit der müde Fremdling sehen konnte, daß er willkommen war und mit an unsrem Tisch sitzen durfte. Jedes Jahr hoffte ich, daß jemand hereinkommen würde, aber es geschah nie. Und ich dachte an die Fragen, die ich als jüngste stellen mußte. »Manisjtanno, halajlo, hazee. Warum ist diese Nacht anders als alle anderen Nächte, und warum essen wir ungesäuertes Brot und bittere Kräuter... ?«
Dann erzählte mein Vater mit singender Stimme vom Auszug aus Ägypten, und wir aßen von dem ungesäuerten Brot und dem bitteren Kraut, damit wir es stets schmecken würden – bis an's Ende aller Tage.

AUSEINANDER

In einem Zweite-Klasse-Abteil des Zuges nach Utrecht wollten wir aufeinander warten. Wir waren zwar zu dritt zum Bahnhof gegangen, aber wir lösten die Fahrkarten an verschiedenen Schaltern und passierten jeder für sich die Kontrolle.
Zuvor waren wir über den Damrak geschlendert, und Lotte hatte vorgeschlagen, noch einmal ins Kino zu gehen. Es war sehr lange her, daß wir einen Film gesehen hatten. Im dunklen Saal fühlten wir uns für kurze Zeit wieder wohl. Hier wurde nicht kontrolliert. Hier waren äußerliche Unterschiede kaum zu merken. Vor mir saß ein großer Mann, dessen Rücken mich daran hinderte, die ganze Leinwand zu sehen, aber das störte nicht. Ich merkte, daß die anderen auch wenig auf den Film achteten. Es war natürlich ein deutscher Film, aber die Handlung entging uns allen dreien.
Als wir wieder herauskamen, war es Zeit für den Zug. Kurz vor dem Bahnhof sagte Dave:
»Ich glaube, es ist besser, wenn wir jetzt auseinander gehen. Wir werden in der zweiten Klasse aufeinander warten.«

»Ist das nicht sehr umständlich?« fragte ich. »Es ist doch einfacher, drei Karten auf einmal zu kaufen?«
»Nein«, sagte Dave, »es ist besser so.«
»Aber«, beharrte ich, »sollten wir nicht trotzdem lieber zusammen in die Halle gehen? Wenn etwas passiert, sind wir wenigstens zusammen.«
»Es wird nichts passieren«, sagte mein Bruder und ging in die Bahnhofshalle. Wir taten, wie er gesagt hatte. Ich wählte einen Schalter, an dem keiner der beiden anderen stand, ich passierte die Kontrolle und suchte den Zug nach Utrecht.
Wir hatten noch sieben Minuten. Es gab keinen Fensterplatz zum Bahnsteig mehr. Ich konnte die anderen also nicht kommen sehen. Ich hatte gedacht, daß sie gleich nach mir einsteigen würden. Ich hatte nirgendwo eine besondere Kontrolle gesehen. Aber sie kamen nicht.
»Dies ist doch der Zug nach Utrecht?« fragte ich eine Frau mir gegenüber. Vielleicht hatte ich nicht richtig geguckt und war in den falschen Zug eingestiegen. Aber die Frau bestätigte, daß es der Zug nach Utrecht war.
»Utrecht ist eine nette Stadt«, fügte sie noch hinzu, »finden Sie nicht auch?«
Ich nickte.
»Es ist natürlich nichts gegen Amsterdam«, fuhr sie fort, »aber trotzdem bin ich gern dort. Es hat so was Intimes, etwas, das ich in Amsterdam doch manchmal vermisse.«

»Ja«, sagte ich, »sicher!« Ich sah noch einige Reisende einsteigen. Mein Bruder und seine Frau waren nicht dabei.
»Und dann«, sagte die Frau mir gegenüber, »wohnt meine ganze Familie dort, das macht natürlich etwas aus. Haben Sie auch Familie in Utrecht?«
»Nein«, sagte ich.
»Oh, dann haben Sie dort sicher Bekannte wohnen«, sagte sie.
»Die hab ich, sehr gute Bekannte, sie haben früher in Amsterdam gewohnt.«
Eine Minute vor der Abfahrt kam mein Bruder ins Abteil. Er setzte sich nicht und sah mich nicht an. Er stellte seine Tasche neben mich, und bevor ich etwas fragen konnte, stieg er wieder aus. Der Zug setzte sich unmittelbar darauf in Bewegung, als ob er es gewesen sei, der das Abfahrtssignal gegeben hätte.
»Ist das Ihre Tasche?« fragte die Frau.
»Ja«, sagte ich, »ich hatte sie vergessen.«
»Nett von dem Herrn, sie Ihnen noch hinterherzubringen«, sagte sie.
Wir waren an den Häusern von Amsterdam-Oost vorbei, und der Zug fuhr jetzt mit voller Geschwindigkeit aus der Stadt.
»Ach«, sagte die Frau, »das ist nur ein Katzensprung. Man ist eigentlich gleich da.«
Aber ich fand, daß es lange dauerte. Ich hatte die Tasche auf den Schoß genommen und starrte nach

draußen. Kurz vor Utrecht stand ich auf und ging auf den Gang.

»Viel Spaß in Utrecht!« rief die Frau mir nach. Das blieb in meinem Kopf hängen, als ich den Bahnhofsplatz überquerte. Ich hörte es noch, als ich um die Ecke bog und in einer breiten Geschäftsstraße an einer Cafeteria vorbeiging, aus der Fettgerüche nach draußen drangen. Vor dem Schaufenster eines Schuhgeschäfts blieb ich stehen; mir war so schlecht, daß ich Angst hatte, mich übergeben zu müssen. »Tief einatmen, dann wird es schon drinnenbleiben«, sagte die Schwester im Krankenhaus immer zu mir, wenn ich während meiner Kur einen solchen Reiz verspürte. Ich holte ein paarmal tief Luft, und das half.

Etwas später stand ich im Eingang des Hauses, wo ich hin mußte. Die Wohnung liegt über einem Krämerladen, hatte Dave morgens gesagt. Gleich nachdem ich geklingelt hatte, ging die Tür auf. Ich ging nach oben. Es war eine steile Treppe, mit einem dunkelroten Läufer. Im ersten Stock brannte ein Sparlämpchen. Auf der nächsten Treppe war hier und da der Läufer lose. Es war eine noch längere und noch steilere Treppe als die erste. Oben sah ich einen Mann und eine Frau stehen. Sie sahen mich an und sagten nichts.

»Ich bin…«, begann ich.

»Wir wissen Bescheid«, sagte der Mann, »Ihr Bruder hat uns vom Bahnhof aus angerufen und gesagt, daß Sie allein kommen würden.«

»Hat er noch etwas gesagt?« fragte ich.
»Ja«, sagte der Mann, »bei der Kontrolle ist seine Frau festgenommen worden. Er wollte zu ihr, gleich nachdem er telefoniert hatte.«
Ich folgte ihnen in die Wohnung. Im Zimmer boten sie mir einen Sessel an.
»Es tut mir sehr leid«, sagte der Mann, »ich habe hier keinen Platz. Aber ich weiß eine gute Adresse für Sie.«
Die Frau stellte eine Tasse Tee vor mich hin. Ich hatte die Tasche noch immer in der Hand. Ich legte sie auf die Knie und trank.

DIE KREUZUNG

Am selben Abend fuhr ich wieder nach Amsterdam.

»Du kannst doch heute nacht noch hierbleiben«, sagten sie in Utrecht; aber das wollte ich nicht. Ich wollte sofort zurück. Sie redeten mir zu, wenigstens noch etwas zu essen oder jedenfalls ein wenig auszuruhen. Ich war nicht müde, und ich hatte keinen Hunger. Ich rief einen Bekannten in Amsterdam an.

»Komm ruhig hierher«, sagte Wout. Ich hatte ihn einige Wochen vorher bei einer jüdischen Familie kennengelernt. Meine Eltern waren damals schon fort. »Wenn du in Schwierigkeiten bist, dann ruf mich an«, sagte er. Ich hatte nicht mehr an ihn gedacht.

Mit der Tasche meines Bruders stieg ich ein paar Stunden später in den Zug.

Ich paßte jetzt nicht mehr auf, ob kontrolliert wurde, achtete nicht auf Polizei oder Soldaten, ich suchte kein besonderes Abteil aus. Ein Großteil meiner Angst war von mir abgefallen. Wenn ich nun auch gegriffen werden würde, hätte ich wenigstens nicht mehr das Gefühl, allein zurückgelassen zu sein.

Wout stand am Amstel-Bahnhof und wartete auf mich. »Ich habe mit Onkel Hannes gesprochen«, sagte er. »Er kommt dich morgen früh abholen.«

Ich fragte nicht, wer Onkel Hannes war. Es klang, als ob er von einem meiner Onkel redete, und ich beließ es dabei.

»Hast du nichts außer dieser Tasche?« fragte Wout.

»Ich habe noch einen Koffer mit ein paar Sachen«, sagte ich, »der steht noch in der Weteringschans.«

Wout versprach, ihn für mich abzuholen. Am nächsten Morgen traf ich Onkel Hannes an der Bushaltestelle am Surinameplein. Er war ein alter Mann mit einem roten, verwitterten Gesicht, voller kleiner Furchen. Ich hatte den Koffer bei mir. Die Tasche hatte ich bei Wout zurückgelassen. Ich wußte nicht, wo wir hingingen, und ich fragte nichts. Ich sah, daß wir aus der Stadt hinausfuhren, und daß wir schließlich auf eine Landstraße kamen, mit Wiesen auf beiden Seiten.

An einer Kreuzung gab mir Onkel Hannes ein Zeichen, und wir stiegen aus. Der Bus fuhr gleich weiter. Der alte Mann holte hinter einem Baum ein Fahrrad hervor. Er schnallte meinen Koffer auf dem Gepäckträger fest. »Geh nur diesen Weg lang«, sagte er, »bis zum fünften Gehöft.« Er nickte mir zu und stieg auf. Ich stand an der Kreuzung und sah Onkel Hannes wegfahren; der Koffer rutschte hin und her. In der Ferne hing eine Staubwolke, die den Bus unsichtbar machte. Es mußte ungefähr zwölf Uhr sein, denn die Sonne stand hoch am Himmel. Über den Wiesen flimmerte die Luft. Ich ging in der Spur von Onkel Hannes' Fahrrad und spürte, wie die Sonne auf meinen Kopf und Rücken brannte. Ich war froh, daß der alte Mann meinen Koffer mitgenommen hatte, denn es war ein weiter Weg bis zum fünften Gehöft. Als ich dort ankam, sah ich auf dem Hof eine alte Bäuerin stehen.

»Komm rein«, sagte sie.

In einem niedrigen, dunklen Raum saßen viele Menschen um einen langen Tisch. Onkel Hannes saß am Kopfende. Jemand schob mir einen Stuhl heran und stellte einen Becher Milch vor mich hin. Die Milch war kühl. Mitten auf dem Tisch stand ein großer Teller mit belegten Broten. Jeder nahm davon. Eine Frau neben mir legte ein paar Brote auf meinen Teller.

»Du mußt essen, Kind«, sagte sie lächelnd. Sie hatte dunkles Haar, das sie in einem schweren Knoten im Nacken trug. Ihre Hände waren lang und schmal, schöne Hände mit schlanken Fingern und spitzen Nägeln. Die Hände einer Frau, die am Freitagabend das weiße Damasttuch über den Tisch ausbreitet, die den silbernen Kidduschbecher neben der Flasche Wein bereitstellt und das Brot mit dem bestickten Tuch bedeckt. Ich dachte an meine Mutter, wie sie den Freitagabendtisch deckte, und wie

wir in dem hellen, vertrauten Zimmer auf meinen Vater warteten, bis er aus der Synagoge kam. Dann begannen wir den Sabbat mit einem Schluck Wein und einem Stück von dem Brot.
»Iß doch etwas«, sagte die Frau neben mir. Ich nahm ein Butterbrot und sah am Tisch entlang. Da saßen Frauen mit bunten Schürzen und Männer in Overalls.
Sie hatten nichts Bäuerliches an sich.
Ein kleiner Junge mir gegenüber sah mich mit seinen dunkelbraunen Augen neugierig an, während er mit vollen Backen sein Butterbrot kaute. Die Frau neben mir schenkte meinen Becher wieder voll.
»Meine Tochter ist in deinem Alter«, sagte sie. Sie lächelte.
»Ja?« sagte ich. »Es war sehr warm auf dem Weg.«
»Hier ist es kühl«, sagte sie. »Ich weiß nicht, wo sie ist.«
»Wer?« fragte ich.
»Meine Tochter«, sagte sie.
»Ach ja«, sagte ich. Und dann: »Ich mußte ein ganzes Ende laufen.«
»Es ist sehr abgelegen hier«, sagte die Frau. »Sie hätte auch hier sein sollen; es wäre sehr gut gegangen.«
»Ja«, sagte ich, »von der Kreuzung ist es ein ganzes Ende.«
»Bleibst du hier?« fragte sie.

»Ich weiß es nicht«, sagte ich.
Nach dem Essen faltete Onkel Hannes die Hände und betete. Die anderen senkten den Kopf, standen auf und verließen das Zimmer. Ich blieb alleine am Tisch zurück.
»Du hast gesehen, wie viele Leute schon bei mir untergetaucht sind«, sagte Onkel Hannes zu mir.
Ich nickte. »Ich habe es gesehen«, sagte ich.
»Ich kann dich hier nicht mehr unterbringen«, sagte er. »Du mußt weiter.«
»Ist gut«, sagte ich.
»Der Junge wird dich hinbringen«, fuhr Onkel Hannes fort. Er stellte sich vor das Fenster. Ein Mädchen mit roten Wangen kam herein und räumte den Tisch ab.
»Siehst du den Baum da drüben?« fragte Onkel Hannes. Er zeigte nach draußen. Ich stand vom leeren Tisch auf und stellte mich neben ihn. »Wenn du bei dem Baum dort bist, siehst du einen Bahnübergang. Warte da auf den Jungen.«
Das Mädchen mit den roten Wangen fing nun an, den Fußboden zu fegen, auf dem Strohhalme und Brotkrümel lagen. Unter dem Stuhl, wo der Junge mit den dunklen Augen gesessen hatte, lagen ein paar kleine Brotrinden. Zögernd ging ich zur Tür, ich wußte nicht, ob ich sofort wegmußte. Onkel Hannes starrte noch immer nach draußen. Das Mädchen fegte die Krümel auf eine Schaufel.
»Alles Gute«, sagte Onkel Hannes. Er drehte sich um und nickte mir zu.

Ich ging aus dem Zimmer. Im Flur stand mein Koffer. Draußen war greller Sonnenschein und hing schwerer Geruch von Mist. Ich überquerte den Hof und ging, ohne mich umzusehen, den Weg weiter.

DAS BETT

Der Junge kam mit zwei Fahrrädern angefahren. Ich stand bei dem unbeschrankten Bahnübergang, wartete auf ihn und sah seine hellblonde Mähne über seinem rot verbrannten Gesicht wehen. Er stellte die Räder an einen Pfahl, nahm meinen Koffer und befestigte ihn auf dem Gepäckträger.
»Wir müssen in die Richtung«, sagte er und wies auf einen Weg, der über eine Weide führte. Ich nickte und stieg auf. Er fuhr vor mir auf dem Sandweg. Es war noch wärmer geworden. Ein Pferd stand an einem Gatter und verscheuchte mit seinem Schweif die Fliegen. Hier und da grasten einige Kühe, die ihre Köpfe träge umdrehten und uns nachstarrten. Der Junge fuhr weiter, ohne sich umzusehen. Der Weg wurde durch den trockenen, losen Sand immer schwieriger zu befahren. Ich mußte stark treten, um nicht wegzurutschen. Aber nachdem wir einen anderen Weg eingeschlagen hatten, ging es besser. Wir kamen an einem kleinen Kanal heraus, an dessen Seiten kleine Häuser standen.
Der Junge fuhr jetzt neben mir und sagte: »Wir

sind gleich da.« Er hatte sein Taschentuch um den Hals gebunden. Überall waren Frauen dabei, die Platten vor ihren Häusern zu schrubben und die Fenster zu putzen. Die Kinder spielten auf dem Grasstreifen am Wasser. Ein Angler starrte regungslos auf seinen Schwimmer. Vor einem der Häuser stiegen wir ab. Ich hatte das Gefühl, als ob mir meine Kleider am Körper klebten.
»Hier ist es«, sagte der Junge. Wir gingen auf einem Kiesweg nach hinten, wo eine Tür offenstand, die zu einer Küche führte.
Eine Frau saß am Tisch und schälte Kartoffeln.
Sie hatte ein hageres Gesicht mit einer spitzen, schmalen Nase und blondes Haar, das in unordentlichen Strähnen herunterhing.
»Hier ist sie«, sagte der Junge.
»Wer?« fragte die Frau und schaute auf.
»Das Mädchen«, sagte der Junge.
»Jetzt schon?« Sie blieb mit einer halbgeschälten Kartoffel in der Hand sitzen und wischte mit der anderen Hand eine Haarsträhne weg.
»Du wußtest es doch?« sagte der Junge. »Du hattest dich doch gemeldet?«
»Ja, das schon«, sagte die Frau. Sie sprach mit einer nöligen Stimme. »Aber ich wußte nicht, daß sie jetzt schon kommen würde.«
»Sie ist jetzt gekommen«, sagte der Junge. Ich stand halb in der Türöffnung, mit dem einen Fuß auf dem Kies und dem anderen auf der Schwelle. Die Frau sah kurz zu mir hin und schälte dann weiter.

»Wir haben kein Bett«, sagte sie.
»Das wird gebracht«, sagte der Junge.
»Wann?«
»Vielleicht heute noch, sonst morgen, denke ich.«
»Wenn das stimmt«, sagte sie.
»Ich gehe wieder«, sagte er. Er ging nach draußen und hob die Hand. »Mach's gut«, rief er mir zu. Er fuhr weg, wie ich ihn beim Bahnübergang hatte ankommen sehen, mit dem einen Fahrrad in der Hand.
»Setz dich hin«, sagte die Frau. Ich setzte mich an die andere Seite des Tisches. Die Kartoffeln fielen mit einem Plumps in den Kübel. Das Wasser spritzte gegen mein Bein, und jedesmal zuckte ich zusammen. Aber ich zog mein Bein nicht zurück. Bei jeder geschälten Kartoffel wartete ich auf die Spritzer, wie eine Durstige, die nach und nach zu trinken bekommt.
»Wir essen viel Kartoffeln«, sagte die Frau, als der Kübel voll war.
»Sie haben sicher eine große Familie«, fragte ich.
»Wir sind zu sechst«, sagte sie, »und es kommt wieder eines hinzu.«
»Wir waren zu fünft«, sagte ich. Ich konnte mich nicht daran erinnern, daß bei uns zu Hause so viele Kartoffeln geschält wurden.
»Sind die anderen alle weg?« fragte sie.
»Ja«, sagte ich.
»Da kommt keiner von zurück, sagt man.« Sie schaute auf.

Draußen hatte der Kies geknirscht. Ein paar Jungen rannten in die Küche, nach ihnen kam ein Mann. Es war ein großer, kräftiger Mann mit riesigen Händen. Auch die Jungen waren stehengeblieben, als sie mich sahen.

»Wir haben noch kein Bett«, sagte die Frau.

»So«, sagte der Mann, »bringen sie das denn nicht?«

»Der Junge sagte, daß es vielleicht heute oder sonst morgen kommen würde.«

»Na ja«, sagte er, »sie kann doch so lange zu dir ins Bett, dann krieche ich zu den Jungen.« Er ließ sich in einen alten Lehnstuhl fallen und legte die Füße auf den Tisch. Er trug dicke schwarze Sokken. Seine Holzschuhe hatte er vor der Tür stehenlassen.

»Wir werden am besten sagen, daß du eine Nichte aus Rotterdam bist«, sagte er zu mir.

»Wir haben keine Verwandten in Rotterdam«, sagte die Frau.

»Wir haben wohl Verwandte in Rotterdam«, sagte er. »Auf jeden Fall habe ich einen Cousin, der da gewohnt hat.«

»Und wenn sie das Bett nun nicht bringen?« begann die Frau wieder.

»Dann hol ich es«, sagte der Mann. Er drehte sich eine Zigarette. Die Frau legte Holz in den Ofen und stellte den Topf mit Kartoffeln darauf. Das Holz knisterte und verbreitete einen Geruch von Harz und Rauch. Die Kinder waren nach draußen gegangen. Ab und zu lugten sie nach drinnen. Es wurde drückend warm in der Küche. Die Frau stellte Teller auf den Tisch. Sieben Teller zählte ich.

DER KREISEL

Am Wasser saß Rinus, unser Nachbar, und angelte. Ich setzte mich zu ihm und sah auf den Schwimmer.
»Wolltest du rudern?« fragte er. Er saß bewegungslos mit seiner Angel in der Hand. Sein Holzbein lag vor ihm ausgestreckt im Gras wie ein Ruder, das jemand dort hatte liegenlassen.
»Ja«, sagte ich, »ich würde heute nachmittag gerne ein bißchen rudern.«
»Ist gut«, sagte er, »nimm ruhig das Boot, ich brauche es nicht.«
Ich hatte sein Ruderboot schon mehrmals ausleihen dürfen, denn er selbst benutzte es nicht so oft. Er saß meistens am Ufer und angelte. Seit er sein Bein verloren hatte – er hatte mir einmal erzählt, daß das bei einem Unfall mit einem Traktor geschehen war –, machte er nicht mehr viel. Die Sonne wärmte meinen Rücken; ich wurde so dösig, daß ich lieber den ganzen Nachmittag am Wasser liegengeblieben wäre. Aber ich mußte ins Dorf.
»Guck mal«, sagte Rinus, »da ist wieder einer.«
Erst dachte ich, daß er etwas gefangen hätte, aber

er sah nach oben in den blauen Himmel, wo sich ein silberner Punkt knatternd fortbewegte.
»Es wird nicht mehr lange dauern«, sagte er, »das wirst du sehen.«
Ich dachte an meinen Vater, der das auch immer gesagt hatte. Rinus starrte wieder auf seinen Schwimmer. Auch als mehr Flugzeuge folgten, sah er weiter auf das Wasser. Ich stand auf und ging zum Boot, schob es vom Ufer und ruderte mit langsamen Schlägen zur Mitte des Sees. Ich sah Rinus immer kleiner werden. Das Schlagen des Wassers gegen die Bootswand war das einzige Geräusch, das ich hörte. Ohne es zu merken, geriet ich ins Schilf. Ich zog die Ruder ins Boot und blieb sitzen. Alles schien jetzt normal. Ich war an einem Sommernachmittag beim Rudern. In der Ferne pfiff ein Zug. Es saßen Menschen darin, die in die Ferien fuhren. Über das Schilf hinweg konnte ich die Gewächshäuser der Aalsmeerer Gärtnereien sehen. Sie waren voller Blumen. Blumen, um sie in Vasen zu stellen. Blumen für einen Geburtstag. Herzlichen Glückwunsch, und hier sind ein paar Blumen. Ich habe heute nachmittag noch gerudert. Es war herrlich auf dem Wasser. Ein Frosch sprang mit einem Plumps zwischen das Schilf. Ich mußte mich beeilen. Ich arbeitete mich aus dem Schilfrohr heraus und ruderte weiter in Richtung Dorf.
In dem Café beim Bahnhof hatte ich mich mit Wout verabredet. Ich setzte mich ans Fenster und wartete auf ihn. Es waren nur wenige Gäste da. Ein Platten-

spieler gab deutsche Lieder von sich. Draußen spielten Kinder mit einem Kreisel. Hinter ihnen sah ich Wout mit der Tasche meines Bruders unterm Arm ankommen.
»Fühlst du dich hier wohl?« fragte er, als er mir gegenübersaß. Er holte ein paar Bücher aus der Tasche. Ich nickte. »Trotzdem würde ich lieber in Amsterdam sein«, sagte ich.
»Warum?« fragte Wout. »Du bist hier relativ sicher. In Amsterdam ist es längst nicht mehr so sicher für dich.«
»Es ist, als ob ich Ferien hätte«, sagte ich. »Ich rudere viel, ich liege in der Sonne, ich helfe ein bißchen im Haushalt, und weiter tue ich nichts.«
»In Amsterdam würdest du auch nichts machen können«, sagte er.
»Hast du dich für mich erkundigt?« fragte ich.
»Ja«, sagte er und sah nach draußen. »Sie sind weitertransportiert worden.«
Ich folgte seinem Blick.
»Es ist Kreiselzeit«, sagte ich.
Ein Mädchen ließ ihren Kreisel auf dem Bürgersteig drehen. Es war ein roter Kreisel; sie trieb ihn mit der Peitsche an, wodurch er mit einem schwungvollen Bogen auf die Fahrbahn flog und wie ein Ballettänzer herumwirbelte, genau vor einen Lastwagen.
Wout spielte mit einem Bierdeckel. Er kantelte ihn mehrmals, ließ ihn rollen und auf seine Finger fallen. Es gingen ein paar Soldaten vorbei. Ihre

Schritte klangen lange nach. Das Mädchen hatte den Kreisel völlig demoliert wiedergefunden.
»Sie werden zurückkommen, glaubst du nicht auch?« fragte ich.
»Ja«, sagte Wout, »vielleicht ist es jetzt bald zu Ende.«
»Laß uns hier weggehen«, sagte ich.
Wir standen auf. Während ich durch die Drehtür nach draußen ging, kam ein deutscher Soldat herein. Wir drehten uns gleichzeitig.
Draußen weinte das Kind um seinen Kreisel.

EINE ANDERE

Das Bett, das Onkel Hannes versprochen hatte zu bringen, kam nicht, und der Mann ging es auch nicht holen. Er kam abends immer todmüde nach Hause und stand vor Morgengrauen auf. Er war Tagelöhner bei einem Bauern, und die Arbeit, die er da machen mußte, war vor allem in den Sommermonaten sehr schwer. Den Sonntag verbrachte er ganz ruhig und schlief den größten Teil des Tages. Ab und zu tobte er mit seiner Frau herum, aber nur sehr kurz, denn sie wurde darüber schnell böse.
Ich mußte die ganze Zeit bei der Frau im Bett schlafen, während der Mann mit den Jungen in einem anderen Bett schlief. Es war sehr stickig auf dem niedrigen Dachboden, wo nie gelüftet wurde. Ich schlief schlecht, denn ich wagte mich nicht zu bewegen, aus Angst, die Frau zu berühren. Sie hatte mir erzählt, daß sie sich nie wusch.
»Ich bin doch nicht schmutzig«, sagte sie. »Ich ziehe jede Woche saubere Wäsche an.«
»Ihr hattet sicher ein größeres Haus?« fragte der Mann.
»Ja«, sagte ich.

»Und genug Betten?« fragte die Frau.
»Eine ganze Menge, wir hatten oft Gäste.«
»Wieviel waren es?« wollte die Frau wissen.
Ich dachte nach. Ich konnte mir das Haus nicht mehr so gut vorstellen. Ich sah die Straße in Breda, das Weideland auf der einen und die Vorgärten auf der anderen Seite; das Schlagloch in der Straßendecke, über das ich mit dem Fahrrad immer hinwegfuhr, der abgesackte Bordstein, bei dem ich auf den Bürgersteig hinauflenkte, die kleine Luke in der Tür, die offenstand und durch die man den Arm stecken konnte, um am Riegel zu ziehen. Ich sah die Zwischentür, die quietschend zurückschwang, den Flur, die Zimmertüren. Die Treppe nach oben.
»Ich weiß es nicht mehr«, sagte ich.
»Nun ja«, sagte die Frau, »es werden genug gewesen sein.«
»Ich glaube schon«, sagte ich.
»Es ist schade um so ein Haus«, sagte sie.
»Wieso schade?« fragte der Mann.
»Nun«, sagte sie, »so ein Haus mit allem Drum und Dran.«
»Wenn der Krieg vorbei ist«, sagte ich, »werden wir dort wohl wieder wohnen.«
»Ja, ja«, sagte der Mann. Er drehte sich eine Zigarette und sah mich an. »Ja, ja«, sagte er noch einmal, nachdem er mit seiner Zunge das Papier befeuchtet hatte.
Es war der letzte Abend, den ich bei ihnen war. Am folgenden Tag würde ich weggehen. Das Geld, das

Dave für mich in seiner Tasche zurückgelassen hatte, ging zur Neige. Nun, wo ich nicht mehr bezahlen konnte, wollte ich der armen Familie nicht länger zur Last fallen. Wout wußte eine Adresse für mich in Heemstede. Ich saß am Küchentisch und bleichte mein Haar. Überall schimmerte es wieder schwarz durch. Das starke Mittel, durch dessen häufigen Gebrauch ich hellblond geworden war, verursachte schon lange keine Schmerzen mehr.
»Es ist besser, von Natur aus blond zu sein«, sagte die Frau.
»Aber sie ist es nicht«, sagte der Mann. »Wenn sie es wäre, würde sie nicht hier sitzen.«
»Euereins ist immer dunkel, was?« sagte sie.
»Nein«, sagte ich, »nicht immer.«
»Aber man kann doch immer sehen, was sie sind«, sagte sie und strich nachdenklich über ihren dicken Bauch. »Ich habe auch mal so einen Juden gekannt«, sagte sie, »er war ein ordentlicher Mann. Er kam oft zu der Frau, bei der ich in Dienst war.«
Am folgenden Tag traf ich Wout bei der Bushaltestelle. Ich sah, wie er mein Haar betrachtete.
»Siehst du irgend etwas?« fragte ich.
»Du bist ganz schön blond geworden«, sagte er.
»Nicht unnatürlich?« fragte ich.
»Nein«, sagte er, »es ist nichts Verdächtiges an dir zu sehen.«
Aber da war ich mir nicht so sicher. Obwohl ich

mich ganz mit dem Gedanken vertraut gemacht hatte, eines Tages auch gegriffen zu werden, fühlte ich mich auf Reisen wenig sicher.
»Verhalte dich ganz normal«, sagte Wout.
Ich dachte an die Zeit, als ich wirklich noch normal war. Ich fragte mich, wie das gewesen war. Ich hatte vergessen, wie ich guckte, wenn ich auf der Straße ging, wie ich mich fühlte, wenn ich in den Zug stieg, was ich sagte, wenn ich ein Geschäft betrat. Wout hatte meinen Personalausweis bei sich. Er gab ihn mir, bevor wir in den Bus stiegen. Den alten hatte ich schon weggeworfen. Er hatte viel Geld gekostet, aber er war sehr schlecht. Dieser kostete nichts.
»Welchen Namen hast du mir gegeben?«
»Einen schönen Namen«, sagte er.
Ich mußte an eine Tante von mir denken, die einmal ernsthaft krank gewesen war. Es wurde für sie in der Synagoge gebetet, man gab ihr einen anderen Namen, einen schönen Namen von jemandem aus der Bibel; und sie wurde gesund.
Im Bus besah ich den Personalausweis. Mein Foto mit dem hellen Haar und meinem Fingerabdruck. Ich las den Namen. Es war, als ob ich mir selbst vorgestellt wurde. Ich sagte ihn ein paarmal leise vor mich hin.
Später, als wir in Heemstede an einem schmalen Kanal entlanggingen, zeigte Wout auf ein niedriges, altes Haus. »Guck, da ist es«, sagte er. »Dort wirst du vollkommen sicher sein.«

Wir gingen über eine kleine Brücke mit einer eisernen Pforte. Ein großes blondes Mädchen in einem Overall kam uns entgegen. Ich sagte meinen Namen, meinen neuen Namen.

Epilog

DIE HALTESTELLE

Einige Wochen nach der Befreiung besuchte ich meinen Onkel in Zeist. Die Besatzer hatten ihn unbehelligt gelassen, weil er mit einer nicht-jüdischen Frau verheiratet war. Obwohl ich ihm vorher nicht geschrieben hatte, sah ich ihn an der Straßenbahnhaltestelle stehen.

»Woher wußten Sie, daß ich kommen würde?« fragte ich ihn.

»Ich stehe jeden Tag an der Haltestelle und warte«, sagte er. »Ich gucke, ob dein Vater mitkommt.«

»Sie haben doch die Nachricht vom Roten Kreuz erhalten?« fragte ich.

»Ja«, sagte er, »das sagen sie zwar, aber ich glaube es nicht. Man kann schließlich nie wissen?«

Wir überquerten den kleinen Platz und gingen zu seinem Haus, das etwa zwei Minuten von der Haltestelle entfernt lag. Ich hatte meinen Onkel jahrelang nicht gesehen. Ich fand, daß er sich sehr verändert hatte. Er mußte Anfang Fünfzig sein, aber er ging neben mir mit müden, schlurfenden kleinen Schritten, wie einer, der nichts mehr vom Leben zu erwarten hat. Sein Haar war schlohweiß geworden, sein Gesicht gelblich und eingefallen. Obwohl er meinem Vater sehr ähnlich gesehen hatte, konnte ich jetzt keine Ähnlichkeit mehr feststellen. Er hatte nichts mehr von dem heiteren, sorglosen Onkel von früher. Vor seiner Haustür blieb er stehen.

»Sprich lieber nicht mit deiner Tante darüber«, sagte er und beugte sich zu mir. »Sie versteht es doch nicht.«

Er steckte den Schlüssel ins Schloß. Ich ging hinter ihm die Treppe hinauf. In einem kleinen düsteren Zimmer stand meine Tante und schenkte Tee ein. Mein Onkel setzte sich in einen Lehnstuhl am Fenster.

»Von hier aus«, sagte er, »kann man die Straßenbahn ankommen sehen. Das ist sehr bequem. Es gibt jetzt wieder eine regelmäßige Verbindung nach Utrecht.« Er stand auf und schlurfte aus dem Zimmer.

»Dein Onkel ist krank«, sagte meine Tante zu mir. »Er selbst weiß es zum Glück nicht, aber er kann nicht mehr gesund werden. Es hat ihn sehr stark mitgenommen, das mit der Familie.« Ich nickte. Ich sagte, es sei ihm anzusehen, und ich fände ihn so verändert.

»Scht...«, machte sie, den Finger auf den Lippen. Er kam herein.

»Sieh mal«, sagte mein Onkel. Er zeigte mir einige dunkle Kleidungsstücke, die er über dem Arm trug. »Dies ist ein tadelloser Anzug, es fehlt überhaupt nichts daran.«

»Von Ihnen?« fragte ich.
»Ich habe ihn all die Jahre aufgehoben«, sagte er. »Er hing ordentlich im Schrank, mit Mottenkugeln dazwischen.«
Es war etwas Triumphierendes in seiner Stimme, als er mir zuflüsterte: »Für deinen Vater.«
Er hängte den Anzug vorsichtig über einen Stuhl und fuhr fort: »Ich habe auch noch ein Paar Schuhe im Schrank stehen, so gut wie neu. Möchtest du sie sehen?«
»Lieber nachher«, sagte ich. Aber er vergaß es, denn als ich nach einiger Zeit aufstand um wegzugehen, fuhr er rasch in seinen Mantel.
»Ich komme kurz mit«, sagte er mit einem Blick auf seine Uhr. »Die Straßenbahn kommt gleich.«
Aber die Bahn war gerade im Begriff abzufahren. Ich verabschiedete mich hastig und sprang hinein. Als sie losfuhr, winkte ich ihm von der hinteren Plattform aus noch einmal zu. Aber er winkte nicht zurück. Er schaute auf die Straßenbahn, die von der anderen Seite kam, und ich begriff, daß er diese gemeint hatte. Bevor wir um die Kurve fuhren, sah ich, wie er, klein und gebeugt, sich die Fahrgäste, die an der Haltestelle ausstiegen, genau ansah. Ich besuchte ihn danach noch mehrere Male. Nie sagte ich vorher Bescheid. Immer stand mein Onkel an der Haltestelle. Jedesmal sah er älter und kränker aus. Jedesmal zeigte er mir den Anzug, den er in seinem Schrank aufbewahrte.
Eines Tages bekam ich von meiner Tante die Nach-

richt, daß mein Onkel gestorben war. Ich fuhr wieder nach Zeist, und in der Straßenbahn dachte ich daran, wie merkwürdig es sein würde, meinen Onkel nicht an der Haltestelle stehen zu sehen. Unwillkürlich sah ich mich beim Aussteigen um.
Im halbdunklen Zimmer saß meine Tante am Tisch mit einem Kreuzworträtsel vor sich. In ihrer Hand hielt sie einen Bleistift mit einer scharfen Spitze. Ich setzte mich in den Sessel beim Fenster und schob den Vorhang etwas zur Seite. Am Ende der Straße konnte ich einen Teil des Wartehäuschens sehen.
»Er saß dort so gerne«, sagte meine Tante. »Er schaute nach der Straßenbahn.«
»Man kann sie von hier aus kommen sehen«, sagte ich.
»Ja«, sagte sie, »das sagte er auch. Ich habe es eigentlich nie richtig gesehen.« Sie stellte sich hinter mich und beugte sich vor. »Fast nichts«, sagte sie, »man kann fast nichts sehen.«
Aber das stimmte nicht. Vom Sessel meines Onkels aus war die Haltestelle gut zu sehen. Nun verstand ich auch, warum mein Onkel gesagt hatte, lieber nicht mit der Tante darüber sprechen. Kurz bevor ich ging, kam meine Tante mit dem Anzug zu mir.
»Hier«, sagte sie, »dein Onkel hat gesagt, daß ich ihn dir geben soll.«
»Ich kann nichts damit anfangen«, sagte ich, »geben Sie ihn nur jemandem, der ihn brauchen kann.«
Sie beugte sich über ihr Kreuzworträtsel, als ich aus

dem Zimmer ging. Langsam ging ich zur Haltestelle. Ich hatte schon gesehen, daß dort noch keine Straßenbahn stand. Aber inzwischen war eine aus der anderen Richtung gekommen.
Ich blieb stehen und sah hin zu den Menschen, die ausstiegen, so, als ob ich jemanden erwartete, jemanden mit einem vertrauten Gesicht, dem meinen nahe. Aber mir fehlte der Glaube meines Onkels. Sie würden niemals wiederkommen, mein Vater nicht, meine Mutter nicht, Bettie nicht, weder Dave noch Lotte.

NACHWORT DES HERAUSGEBERS

Marga Minco (Pseudonym für Sara Menco) wurde am 31. März 1920 in den Niederlanden geboren. Sie wuchs als Tochter einer orthodox-jüdischen Familie in Breda, einer katholischen Kleinstadt an der belgischen Grenze, auf. Ihr Kosename war »Selma«. Sie machte eine Ausbildung als Journalistin, wurde aber gleich nach dem Einmarsch der deutschen Besatzer (10. Mai 1940) entlassen, weil sie Jüdin war. Wegen des Verdachts auf Tuberkulose mußte sie längere Zeit im Krankenhaus von Amersfoort verbringen. Dort wohnten auch ihre Eltern mit den älteren Geschwistern Dave und Bettie. Kurz darauf wurden ihre Eltern gezwungen, nach Amsterdam ins »Judenviertel« umzuziehen. Selma folgte ihnen.

Als während der Razzien unter den Juden 1942 ihre Schwester mit ihrem Ehemann verhaftet wurde, und 1943 auch ihre Eltern nach Deutschland deportiert wurden, tauchte Selma unter. Sie fand ein Versteck bei Bauern, änderte ihr Aussehen und bekam einen neuen Namen: »Marga.«

Als einzige ihrer Familie überlebte sie den Krieg. 1945 heiratete sie den Schriftsteller Bert Voeten und bekam zwei Töchter. Sie lebt heute als freie Schriftstellerin in Amsterdam.
Marga Minco ist eine der meistgelesenen Schriftstellerinnen in den Niederlanden. Sie schreibt Romane, Novellen, Kinderbücher und Fernsehstücke. Am bekanntesten wurde sie 1957 mit der Veröffentlichung von »Het bittere Kruid«, das in viele Sprachen übersetzt wurde, mehrere Preise bekam und als Hörspiel, Theaterstück und Spielfilm bearbeitet wurde. In den Niederlanden wird dieses Buch inzwischen ein »literarischer Klassiker« genannt. Es ist Pflichtlektüre für alle Schüler und wurde bisher etwa 400000mal verkauft.
»Das bittere Kraut« ist in der Sprache eines arglosen unschuldigen Kindes geschrieben, so unsentimental und detailliert wie eine Reportage.
Obwohl deutlich Parallelen mit dem Lebensschicksal von Marga Minco zu erkennen sind, will die Autorin sich nicht als »jüdische Schriftstellerin« verstanden wissen. Vielmehr möchte sie »die Verfremdung, die durch die Gesellschaft einzelnen Menschen zugefügt wird, sichtbar machen«. Sie zeigt uns zwar das Schicksal *eines* jüdischen Mädchens, aber stellvertretend für viele andere, für die es auch heute noch Diskriminierung, Ausländerhaß und Ausgrenzung gibt und die auch den Wunsch haben, »dazuzugehören«.

Dieses Buch hat an Aktualität nichts verloren und ist daher – auch für die deutschen Leser – ein außerordentlich wichtiges Buch.

Hamburg, Juli 1985 Dr. Josh van Soer

Anmerkungen des Übersetzers

In den Niederlanden war es bis vor kurzem üblich, Eltern bzw. Großeltern, Onkel und Tanten zu siezen.

Almemmor	Erhöhter Platz in der Synagoge für die Schriftverlesung
Bandeau	Perücke, die die orthodox-jüdische Frau trägt, wenn sie verheiratet ist
Baroucha	Kurzes Dankgebet
Benschen	Jiddisch für Beten
Brooche	Jiddisch für Segensgebet
Chasan	Vorsänger
Hollandsche Schouwburg Plant. Middenlaan 24 Amsterdam	Sammelstelle für die Juden, die in den nächsten Tagen in die KZ deportiert werden sollten
Kidduschbecher	Becher, für religiöse Zwecke
Kille	Jiddisch für Jüdische Gemeinde
Königinnentag	Geburtstag der Königin, gesetzlicher Feiertag
Mitzwe	Jiddisch für Segenswunsch
Sederabende	Die beiden Abende des Pessach (Passah/»Ostern«)-festes Symbolisch für Auszug der Israeliten aus Ägypten
Tallith	Gebetsmantel/Gebetsschal
Tefilla	Gebetbuch
Thorarollen	Gesetzrollen
Twente	Landstrich in der Provinz Overijssel